Stefan Zweig est né à Vienne en 1881. Il s'est essayé dans les genres littéraires les plus divers : poésie, théâtre, traductions, biographies romancées et critiques littéraires. Mais ce sont ses nouvelles qui l'ont rendu célèbre dans le monde entier. Citons *La Peur*, *Amok*, *Le Joueur d'échecs*, *Vingt-quatre heures de la vie d'une femme*.

Profondément marqué par la montée et les victoires du nazisme, Stefan Zweig a émigré au Brésil. Il s'est suicidé en même temps que sa seconde femme à Pétropolis le 22 février 1942.

Nadie -

STEFAN ZWEIG

La Confusion des sentiments

(NOTES INTIMES DU PROFESSEUR R. DE D.)

**ROMAN TRADUIT DE L'ALLEMAND
PAR OLIVIER BOURNAC ET ALZIR HELLA.**

*Révision de Brigitte Vergne-Cain et
Gérard Rudent*

LE LIVRE DE POCHE

Ils ont eu une exquise pensée, mes étudiants et collègues de la Faculté : voici, précieusement relié et solennellement apporté, le premier exemplaire de ce livre d'hommage qu'à l'occasion de mon soixantième anniversaire et du trentième de mon professorat, les philologues m'ont consacré. Il est devenu une véritable biographie : il n'y manque pas le moindre de mes articles, pas la moindre de mes allocutions officielles ; il n'est pas d'insignifiants comptes rendus, parus dans je ne sais quelles *Annales* de l'érudition, que le labeur bibliographique n'ait arrachés au tombeau de la paperasse. Toute mon évolution, avec une netteté exemplaire, degré par degré, comme un escalier bien balayé, est là reconstituée jusqu'à l'heure actuelle. Vraiment, je serais un ingrat si cette touchante minutie ne me faisait pas plaisir. Ce que j'ai cru moi-même effacé de ma vie et perdu se retrouve, dans ce tableau, présenté avec ordre et méthode : oui, je dois avouer que le vieil homme que je suis, a contemplé ces feuilles avec le même orgueil que jadis éprouva l'étudiant devant le certificat de ses professeurs qui, pour la première fois, attestait son aptitude à la science et sa volonté de travail.

Cependant, après avoir feuilleté ces deux cents pages appliquées et regardé attentivement cette sorte de miroir intellectuel de moi-même, il m'a fallu sourire. Était-ce vraiment là ma vie? Se développait-elle réellement en des spirales marquant une si heureuse progression depuis la première heure jusqu'à maintenant, ainsi que, documents imprimés à l'appui, le biographe la dessinait? J'éprouvais exactement la même impression que lorsque pour la première fois j'avais entendu ma propre voix parler dans un gramophone: d'abord je ne la reconnus pas du tout; sans doute c'était bien ma voix, mais ce n'était que celle qu'entendent les autres et non pas celle que je perçois moi-même, comme à travers mon sang et dans l'habitacle intérieur de mon être. Et ainsi, moi qui ai employé toute une vie à décrire les hommes d'après leurs œuvres et à objectiver la structure intellectuelle de leur univers, je constatais, précisément sur mon propre exemple, combien reste impénétrable dans chaque destinée le noyau véritable de l'être, la cellule mouvante d'où jaillit toute croissance. Nous vivons des myriades de secondes et pourtant, il n'y en a jamais qu'une, une seule, qui met en ébullition tout notre monde intérieur: la seconde où (Stendhal l'a décrite) la fleur interne, déjà abreuvée de tous les sucs, réalise comme un éclair sa cristallisation — seconde magique, semblable à celle de la procréation et comme elle, cachée bien au chaud, au plus profond du corps, invisible, intangible, imperceptible —, mystère qui n'est vécu qu'une seule fois. Aucune algèbre de l'esprit ne peut la calculer. Aucune alchimie du pressentiment ne peut la deviner et l'instinct que l'on a de soi la saisit rarement.

Ce livre ignore tout du secret de mon avènement à la vie intellectuelle : c'est pourquoi il m'a fallu sourire. Tout y est vrai, seul y manque l'essentiel. Il me décrit, mais sans parvenir jusqu'à mon être. Il parle de moi sans révéler ce que je suis. L'index soigneusement établi comprend deux cents noms : il n'y manque que celui d'où partit toute l'impulsion créatrice, le nom de l'homme qui a décidé de mon destin et qui, maintenant, avec une puissance redoublée, m'oblige à évoquer ma jeunesse. Il est parlé de tous, sauf de lui qui m'a appris la parole et dont le souffle anime mon langage : et brusquement, je me sens coupable d'une lâche dissimulation. Pendant toute une vie j'ai tracé des portraits humains, du fond des siècles j'ai réveillé des figures, pour les rendre sensibles aux hommes d'aujourd'hui, et précisément je n'ai jamais pensé à celui qui a toujours été le plus présent en moi ; aussi je veux lui donner, à ce cher fantôme, comme aux jours homériques, à boire de mon propre sang, pour qu'il me parle de nouveau et pour que lui, qui depuis longtemps a été emporté par l'âge, soit auprès de moi qui suis en train de vieillir. Je veux ajouter un feuillet secret aux feuilles publiées, ajouter un témoignage du sentiment au livre savant, et me raconter à moi-même, pour l'amour de lui, la vérité de ma jeunesse.

Encore une fois, avant de commencer, je feuillette ce livre qui prétend représenter ma vie. Et de nouveau je suis obligé de sourire. Car comment voudraient-ils connaître le véritable noyau de mon être, eux qui ont choisi un mauvais départ? Leur premier pas porte déjà à faux! Voilà qu'un camarade de classe qui me veut du bien et qui, aujourd'hui, est comme moi Conseiller Honoraire[1], imagine gratuitement que déjà au lycée, un amour passionné des belles-lettres me distinguait de tous les autres «potaches». Vous avez mauvaise mémoire, mon cher Conseiller Honoraire! Pour moi, les humanités classiques représentaient une servitude mal supportée, en grinçant des dents et en écumant. Précisément parce que, fils de proviseur, je voyais toujours, dans cette petite ville de l'Allemagne du Nord, la culture professée jusqu'à la table et au salon, comme un gagne-pain, je haïssais depuis l'enfance toute philologie: toujours la nature, conformément à sa tâche mystique qui est de préserver l'élan créateur, donne à l'enfant aversion et mépris pour les goûts paternels. Elle ne veut pas un héritage commode et indolent, une simple transmission et répétition d'une génération à l'autre: toujours elle établit d'abord un contraste entre les gens de même nature et ce n'est qu'après un pénible et fécond détour qu'elle permet aux descendants d'entrer dans la voie des aïeux. Il suffisait que mon père considérât la science comme sacrée pour que ma personnalité en germe n'y vît que de vaines subtilités; parce qu'il prisait les classiques comme des modèles, ils me semblaient didactiques et, par conséquent, haïssables. Entouré de livres de tous côtés, je méprisais les livres;

1. *Conseiller honoraire*: il s'agit d'un titre honorifique réservé aux cadres supérieurs de la fonction publique.

8

toujours poussé par mon père vers les choses de l'esprit, je me révoltais contre toute forme de culture transmise par l'écriture. Il n'est donc pas étonnant que j'aie eu de la peine à arriver jusqu'au baccalauréat et qu'ensuite je me sois refusé avec véhémence à poursuivre des études. Je voulais devenir officier, marin ou ingénieur. À vrai dire, aucune vocation impérieuse ne me portait vers ces carrières. C'est seulement l'antipathie pour les paperasses et le didactisme de la science qui me faisait préférer une activité pratique à la carrière de professeur. Cependant, mon père, avec sa vénération fanatique pour tout ce qui touchait à l'Université, persista dans sa volonté que je suivisse les cours d'une Faculté, et je ne parvins à obtenir qu'une concession : c'est qu'au lieu de la philologie classique, il me fût permis de choisir l'étude de l'anglais (solution bâtarde, que finalement j'acceptai avec la secrète arrière-pensée de pouvoir ensuite plus facilement, grâce à la connaissance de cette langue maritime, avoir accès à la carrière de marin, que je désirais vivement).

Rien n'est donc plus faux dans ce *curriculum vitae* que l'assertion tout amicale d'après laquelle j'aurais acquis, au cours de mon premier semestre à Berlin, grâce à des professeurs de mérite, les principes de la science philologique — en réalité, ma passion de la liberté se donnant violemment carrière ignorait alors tout des cours et des maîtres de conférence. Lors de mon premier, et bref, passage dans un amphithéâtre, l'atmosphère viciée, l'exposé monotone comme celui d'un pasteur et en même temps ampoulé, m'accablèrent déjà d'une telle lassitude que je dus faire effort pour ne pas m'endormir sur le banc. C'était là encore l'école à laquelle je croyais avoir heureusement échappé, c'était la salle de classe que je retrouvais là, avec sa chaire surélevée et avec les puérilités d'une critique faite de vétilles : malgré moi, il me semblait que c'était du sable qui coulait hors des lèvres à peine ouvertes du « Conseiller Honoraire » qui professait là — tant étaient usées et monotones les paroles ressassées d'un cours, qui s'égrenaient dans l'air épais. Le soupçon, déjà sensible au temps de l'école, d'être tombé dans une morgue pour cadavres de l'esprit, où des mains indifférentes s'agitaient autour des morts en les disséquant, se renouvelait odieusement dans ce laboratoire de l'alexandrinisme devenu depuis longtemps une antiquaille ; et quelle intensité prenait cet instinct de défense dès qu'après l'heure de cours péniblement supportée je sortais dans les rues de la ville, dans ce Berlin de l'époque, qui tout surpris de sa propre croissance, débordant d'une virilité trop vite affirmée, faisait jaillir son électricité de toutes les pierres et de toutes les rues, et imposait irrésistiblement à chacun un rythme de fiévreuse pulsation qui, avec sa sauvage ardeur, ressemblait extrêmement à l'ivresse de ma propre virilité, dont je venais précisément de prendre conscience. Elle et moi, sortis brusquement d'un mode de vie petit-bourgeois, protestant, ordonné et borné, tous deux livrés prématurément à un tumulte tout nouveau de puissance et de possibilités, tous deux, la ville et le jeune garçon que j'étais, partant à l'aventure, nous vrombissions avec autant d'agitation et d'impatience qu'une dynamo. Jamais je n'ai aussi bien compris et aimé Berlin qu'à cette époque, car exactement comme dans ce chaud et ruisselant rayon de miel humain, chaque cellule de mon être aspirait à un élargissement soudain. — Où l'impatience d'une vigoureuse jeunesse aurait-elle pu se déployer aussi bien que dans le sein palpitant et brûlant de cette femme géante, dans cette cité impatiente et débordante de force? Tout d'un coup elle s'empara de moi, je m'y plongeai, je descendis jusqu'au fond de ses veines; ma curiosité parcourut hâtivement tout son corps de pierre et pourtant plein de chaleur — depuis le matin jusqu'à la nuit, je vagabondais dans les rues, j'allais jusqu'aux lacs[1], j'explorais tout ce qu'il y avait là de caché: vraiment l'ardeur avec laquelle, au lieu de m'occuper de mes études, je m'abandonnais aux aventures de cette existence toujours en quête de sensations nouvelles, était celle d'un possédé. Mais dans ces excès, je ne faisais qu'obéir à une particularité de ma nature: dès mon enfance, incapable de m'intéresser à plusieurs choses à la fois, j'étais d'une indifférence radicale pour tout ce qui n'était pas la chose qui m'occupait; toujours et partout mon activité s'est déployée suivant une seule ligne, et encore aujourd'hui, dans mes travaux, je mords en général à un problème avec un tel acharnement que je ne le lâche pas avant de sentir dans ma bouche les dernières bribes, les derniers restes de sa moelle.

Alors, dans ce Berlin, le sentiment de la liberté devint pour moi un enivrement si puissant que je ne supportais même pas la claustration passagère des cours magistraux de la Faculté, ni même la clôture de ma propre chambre. Tout ce qui ne

1. *Les lacs*: buts d'excursion privilégiés, situés tout près de l'agglomération berlinoise.

m'apportait pas une aventure m'apparaissait temps perdu. Et le provincial tout nouvellement débarrassé du licol du collège et qui n'était qu'un béjaune, montait sur ses grands chevaux pour avoir l'air bien viril : je fréquentai une association d'étudiants[1], je cherchai à acquérir dans mes manières (timides en réalité) quelque chose de la fatuité et de la morgue des étudiants au visage balafré ; au bout de huit jours d'initiation à peine, je jouais au fanfaron de la grande ville et de la Grande-Allemagne[2] ; j'appris avec une rapidité étonnante, comme un véritable *miles gloriosus*[3], la vanité et la fainéantise des piliers de cafés. Naturellement, ce chapitre de la virilité comprenait aussi les femmes, ou plutôt les «femelles», comme nous disions dans notre insolence d'étudiant ; et à cet égard il se trouvait fort à propos que j'étais particulièrement joli garçon. De haute taille, svelte, avec encore aux joues le hâle de la mer, souple et adroit dans chacun de mes mouvements, j'avais beau jeu en face des pâles «calicots», desséchés comme des harengs par l'atmosphère de leurs comptoirs, qui comme nous se mettaient en campagne tous les dimanches, en quête de butin, à travers les salles de danse de Halensee et de Hundekehle (qui à cette époque étaient encore en dehors de l'agglomération). Tantôt c'était une servante du Mecklembourg,

1. *Une association d'étudiants* : corporations d'esprit nationaliste, dont l'un des rituels était les duels au sabre, laissant de caractéristiques balafres.
2. *La Grande-Allemagne* : allusion au mouvement pangermaniste, visant à réunir les Allemands, notamment d'Autriche et des Sudètes, dans un seul État.
3. *Miles gloriosus* : *Le Soldat fanfaron*, titre d'une comédie de Plaute, le grand poète latin mort en 184 av. J.-C.

blonde comme les blés, avec une peau d'une blancheur de lait, encore excitée par la danse, que j'entraînais dans ma chambre quelques instants avant la fin de sa journée de sortie; tantôt c'était une nerveuse et pétulante petite juive de Posen[1], qui vendait des bas chez Tietz, — butin conquis en général aisément, et vite abandonné aux camarades. Mais dans cette facilité inattendue des conquêtes, il y avait pour moi qui n'étais hier encore qu'un collégien craintif, une nouveauté enivrante; ces succès faciles accrurent mon audace, et petit à petit je ne considérai plus la rue que comme un terrain de chasse pour ces aventures laissées entièrement au hasard et qui n'étaient plus qu'une sorte de sport. Un jour que, suivant ainsi la piste d'une jolie fille, j'arrivais *Unter den Linden*[2] et, tout à fait par hasard, devant l'Université, je ris malgré moi en songeant depuis combien de temps je n'avais pas franchi ce seuil respectable. Par bravade j'y entrai, avec un ami de mon acabit; nous ne fîmes que pousser la porte et nous vîmes (spectacle d'un ridicule incroyable) cent cinquante dos penchés sur les bancs, comme des scribes, et semblant joindre leurs litanies à celles que psalmodiait une barbe blanche. Et aussitôt je refermai la porte, laissant s'écouler sur les épaules de ces laborieux le ruisselet de cette morne éloquence, et je regagnai fièrement, avec mon camarade, l'allée ensoleillée. Il y a des moments où il me semble que jamais jeune homme ne gaspilla son temps

1. *Posen*: nom allemand de l'actuelle Posnan, importante ville de Pologne. Quant à *Tietz*, c'est un célèbre grand magasin de Berlin.
2. *Unter den Linden*: «Sous les tilleuls», principale avenue de Berlin.

plus sottement que je ne le fis pendant ces mois-là. Je ne lus pas le moindre livre; je suis certain de n'avoir alors ni dit une seule parole raisonnable, ni conçu une véritable pensée. D'instinct je fuyais toute société cultivée, afin de pouvoir sentir plus fortement, dans mon corps qui s'était révélé, la saveur de la nouveauté et des plaisirs jusque-là défendus. Il se peut que cette façon de s'enivrer de sa propre sève et d'être enragé contre soi-même à perdre son temps fasse partie, dans une certaine mesure, des exigences d'une jeunesse vigoureuse, brusquement livrée à elle-même; cependant, l'acharnement particulier que j'y mettais, rendait déjà dangereuse cette sorte de paresse crasse, et il est fort probable que je serais tombé complètement dans la fainéantise ou dans l'abêtissement, si un hasard ne m'avait pas retenu soudain sur la pente de la chute intérieure.

Ce hasard (que ma gratitude aujourd'hui qualifie d'heureux) consista en ceci que mon père fut appelé à l'improviste à Berlin, pour une seule journée, à une conférence des proviseurs au ministère. En pédagogue de profession, il profita de l'occasion pour se rendre compte de ce que je faisais sans m'annoncer sa venue, et pour me surprendre ainsi au moment où je m'y attendais le moins. Cette attaque par surprise réussit parfaitement. Comme la plupart du temps, ce soir-là, dans ma médiocre chambre d'étudiant au nord de la ville (l'entrée était dans la cuisine de ma propriétaire, derrière un rideau), j'avais avec moi une jeune femme en visite tout à fait intime, lorsque j'entendis frapper à la porte. Supposant que c'était un camarade, je grognai de mauvaise humeur: «Je ne suis pas visible.» Au bout d'un

14

court moment les coups frappés à la porte se renouvelèrent, une fois, deux fois, et puis avec une impatience non dissimulée, une troisième fois. Avec colère j'enfilai mon pantalon pour envoyer promener sans ménagement l'impertinent gêneur; et ainsi, la chemise à moitié ouverte, les bretelles pendantes, les pieds nus, j'ouvris violemment la porte et aussitôt, comme atteint d'un coup de poing sur la tempe, je reconnus dans l'obscurité de l'entrée la silhouette de mon père. De sa figure, je n'apercevais dans l'ombre guère plus que les verres des lunettes, aux reflets étincelants. Mais la vue de cette silhouette suffit déjà pour que l'injure que je tenais toute prête se coinçât comme une arête, dans mon gosier qui se serra: pendant un moment je restai comme étourdi. Puis (atroce seconde!) il me fallut le prier humblement d'attendre quelques minutes dans la cuisine, « le temps de mettre de l'ordre dans ma chambre ». Comme je viens de le dire, je ne voyais pas sa figure, mais je sentais qu'il comprenait. Je le sentais à son silence, à la façon contrainte dont, sans me tendre la main, il entra dans la cuisine, derrière le rideau, avec un geste de répulsion. Et là, devant le fourneau qui sentait le café réchauffé et les navets, le vieil homme dut attendre, debout pendant dix minutes — dix minutes aussi humiliantes pour moi que pour lui —, pendant que je tirais la fille du lit, la faisais se rhabiller à la hâte et la conduisais hors de l'appartement, en passant devant mon père qui malgré lui entendait tout. Il entendit forcément quelqu'un marcher et, au moment où elle disparaissait rapidement, les plis du rideau claquer dans le courant d'air. Et je ne pouvais pas encore faire sortir le vieil homme de sa cachette avilissante : il me fallait d'abord réparer le désordre trop éloquent du lit. Alors seulement (jamais de ma vie je n'avais éprouvé autant de honte), j'allai le chercher.

En cette heure fâcheuse, mon père sut se contenir, et encore aujourd'hui je l'en remercie du fond du cœur. Car chaque fois que je songe à lui, depuis longtemps décédé, je me refuse à l'évoquer d'après la perspective de l'écolier qui se plaisait à n'apercevoir en lui, avec dédain, qu'une machine à corriger, qu'un pédant entiché de minuties et sans cesse occupé à censurer ; au contraire, j'évoque toujours son image en cet instant si humain où le vieil homme, profondément écœuré et pourtant gardant la maîtrise de lui-même, entra sans rien dire derrière moi dans cette chambre à la lourde atmosphère. Il avait dans sa main son chapeau et ses gants : involontairement il voulut s'en débarrasser, mais il eut aussitôt un geste de dégoût, comme s'il répugnait à ce qu'une partie quelconque de son être prît contact avec cette « saleté ». Je lui offris un siège, il ne répondit pas, écarta seulement d'un signe de refus toute communauté avec les objets de ce lieu.

Enfin, après être resté debout pendant quelques instants, glacial et le regard tourné de côté, il ôta ses lunettes et les frotta avec insistance, ce qui, je le savais, était chez lui un signe de gêne ; la façon dont le vieil homme, avant de les remettre, passa le dos de sa main sur ses yeux ne m'échappa point non plus. Il avait honte devant moi, et moi j'avais honte devant lui ; aucun de nous ne trouvait une parole. En secret, je craignais qu'il ne commençât un sermon, une allocution faite de belles phrases, sur ce ton guttural que, depuis le lycée, je détestais et raillais. Mais le vieil homme — je lui en sais gré, aujourd'hui encore — resta muet et il évita de me regarder. Enfin il alla vers les étagères branlantes où étaient mes livres d'étude; il les ouvrit: le premier coup d'œil suffit sans doute à le convaincre que je ne les avais pas touchés et à s'apercevoir que la plupart n'étaient même pas coupés. « Tes cahiers de cours ! » Cet ordre fut son premier mot. Je les tendis en tremblant, car je savais trop bien que les notes prises en sténo correspondaient à une seule heure de cours. Il parcourut les deux pages en les tournant rapidement, et sans le moindre signe d'irritation, il mit les cahiers sur la table. Puis il prit une chaise, s'assit, me regarda gravement, mais sans aucun reproche, et me demanda: « Eh bien! qu'est-ce que tu penses de tout cela ? Qu'en résultera-t-il ? »

Cette question posée avec calme me cloua au sol. Tout en moi était déjà prêt à la résistance: s'il m'avait réprimandé, j'aurais fait le fanfaron; s'il avait eu recours à des exhortations larmoyantes, je me serais moqué de lui. Mais cette question tout objective brisa les reins à mon arrogance: sa gravité exigeait de la gravité, son calme contraint commandait le respect et un accueil sans animosité. Ce que je répondis, j'ose à peine me le rappeler; de même l'entretien qui suivit se dérobe aujourd'hui complètement devant ma plume: il y a des ébranlements soudains, une manière d'être brusquement ému qui, racontée, prendrait probablement une note sentimentale; il y a certaines paroles qui ne sont d'une vérité profonde qu'une seule fois, prononcées entre quatre yeux, et quand elles jaillissent spontanément du tumulte inattendu des sentiments. Ce fut le seul entretien véritable que j'eus jamais avec mon père, et je n'hésitai pas à m'humilier volontairement: je m'en remis à lui de la décision à prendre. Mais il ne me donna que le conseil de quitter Berlin et d'aller étudier, le semestre suivant, dans une petite université. Il était certain, dit-il comme pour me consoler, que désormais je rattraperais courageusement le temps perdu; sa confiance me bouleversa; en cette seconde, je sentis le grand tort que j'avais eu pendant toute une jeunesse envers ce vieil homme barricadé derrière un formalisme glacial. Je fus obligé de me mordre fortement les lèvres pour empêcher les larmes de jaillir, brûlantes, de mes yeux. Mais lui aussi éprouvait sans doute quelque chose de semblable, car il me tendit subitement la main, la retint un instant en tremblant, et s'empressa de sortir. Je n'osai pas le suivre, je restai là, agité et troublé, et j'essuyai avec mon mouchoir le sang de ma lèvre: tellement j'y avais enfoncé mes dents pour rester maître de mes émotions!

Pour moi, ce fut le premier ébranlement que je subis, à dix-neuf ans: il jeta par terre, sans même un seul mot violent, tout l'emphatique château de cartes que mon désir de faire l'homme, d'imiter l'impertinence des étudiants et de m'encenser moi-même, avait édifié en trois mois. Je me sentis assez énergique, grâce à ma volonté piquée au vif, pour renoncer à tous les plaisirs de basse qualité; l'impatience m'envahit d'essayer sur le terrain de l'esprit ma force jusqu'alors gaspillée; je fus pris d'un besoin passionné de sérieux, de sobriété, de discipline et d'austérité. C'est à cette époque que je me vouai tout entier à l'étude, comme par une sorte de vœu monastique, ignorant en réalité la haute ivresse que la science me réservait, et ne me doutant pas que dans ce monde supérieur de l'esprit lui aussi, l'aventure et le risque sont toujours à la portée d'un être impétueux.

La petite ville de province que, d'accord avec mon père, j'avais choisie pour le semestre suivant était située dans le centre de l'Allemagne. Sa grande réputation universitaire formait un contraste frappant avec le modeste groupe des maisons qui entouraient les bâtiments des Facultés. Je n'eus pas beaucoup de peine, après avoir quitté la gare où je laissai d'abord mes bagages, à trouver l'*Alma Mater*[1], et au sein du vaste édifice de style ancien, je sentis aussitôt combien ici le cercle des connaissances se formait beaucoup plus vite que dans la volière berlinoise. En deux heures, mon inscription fut prise et la plupart des professeurs eurent reçu ma visite ; mon directeur d'études, le professeur de philologie anglaise, fut le seul que je ne pus pas voir aussitôt, mais il me fut dit que je le rencontrerais l'après-midi à quatre heures, au « séminaire[2] ».

Poussé par cette impatience de ne pas perdre une heure, et tout aussi ardent dans mon élan à rejoindre la connaissance que je m'étais appliqué

1. *L'Alma Mater* : littéralement « la mère nourricière », expression jadis employée pour désigner la patrie, aujourd'hui pour l'Université, et par plaisanterie.
2. *Au « séminaire »* : correspond à une pratique pédagogique alors propre aux universités germaniques, distincte du cours magistral, et qui permettait des discussions entre le professeur et ses étudiants.

auparavant à l'éviter, je me trouvai (après un tour rapide à travers la petite ville, qui par comparaison avec Berlin me semblait plongée dans l'engourdissement) à quatre heures précises à l'endroit indiqué. L'appariteur m'indiqua la porte du séminaire. Je frappai, et comme il me sembla avoir entendu répondre une voix de l'intérieur, j'entrai.

Mais j'avais mal entendu. Personne ne m'avait dit d'entrer, et le son indistinct qui m'était parvenu, c'était simplement la voix haute, l'élocution énergique du professeur, qui devant un cercle d'environ deux douzaines d'étudiants formant un groupe serré et très rapproché de lui, prononçait une harangue visiblement improvisée. Gêné d'être là sans autorisation par suite de ma méprise, je voulus me retirer sans bruit ; mais je craignis précisément, en le faisant, d'éveiller l'attention, car jusqu'alors aucun des auditeurs ne m'avait remarqué. Je restai donc près de la porte, et malgré moi j'écoutai ce qui se disait.

L'intervention du professeur paraissait faire suite à une discussion ou à un exposé ; du moins, c'est ce que semblait indiquer la disposition informelle et spontanée du professeur et de ses étudiants : il n'était pas assis doctoralement sur un siège, à distance, mais sur une des tables, la jambe légèrement pendante, presque d'une façon relâchée ; et autour de lui étaient rassemblés les jeunes gens, dans des attitudes sans apprêt qui, d'abord nonchalantes, s'étaient sans doute fixées dans des poses de statues, sous l'effet de leur intérêt passionné. On voyait qu'au début ils devaient être en train de parler ensemble, lorsque soudain le professeur s'était juché sur la table et là, dans cette position surélevée, les avait attirés à lui par sa parole, comme avec un lasso, pour les immobiliser, fascinés sur place. Et après quelques minutes, je sentis moi-même, oubliant déjà le caractère d'intrusion de ma présence, la force fascinante de son discours agir magnétiquement ; malgré moi je m'approchai davantage, afin de voir, par-dessus les paroles, les gestes remarquablement arrondis et élargis des mains, qui parfois, lorsque sonnait un mot puissant, s'écartaient comme des ailes, s'élevaient en frémissant et puis s'abaissaient peu à peu musicalement, avec le geste modérateur d'un chef d'orchestre. Et toujours la harangue devenait plus ardente, tandis que, comme sur la croupe d'un cheval au galop, cet homme ailé s'élevait rythmiquement au-dessus de la table rigide et, haletant, poursuivait l'essor impétueux de ses pensées traversées par de fulgurantes images. Jamais encore je n'avais entendu un être humain parler avec tant d'enthousiasme et d'une façon si véritablement captivante ; pour la première fois j'assistais à ce que les Romains appelaient *raptus*, c'est-à-dire à l'envol d'un esprit au-dessus de lui-même : ce n'était pas pour lui, ni pour les autres, que parlait cet homme à la lèvre enflammée, d'où jaillissait comme le feu intérieur d'un être humain.

Jamais je n'avais vu pareille chose, un discours qui était tout extase, un exposé passionné comme un phénomène élémentaire, et ce qu'il y avait là d'inattendu pour moi m'obligea tout à coup à m'avancer. Sans savoir que je bougeais, hypnotiquement attiré par une puissance qui était plus forte que la simple curiosité, d'un pas automatique comme celui des somnambules, je me trouvai poussé comme par magie vers ce cercle étroit : inconsciemment, je fus soudain à dix pouces de l'orateur et au milieu des autres, qui de leur côté étaient trop fascinés pour m'apercevoir, moi ou n'importe quoi. J'étais emporté par le flot du discours, entraîné par son jaillissement, sans même savoir quelle en était l'origine : sans doute l'un des étudiants avait-il célébré Shakespeare comme un phénomène météorique, et alors cet homme, au milieu d'eux, mettait toute son âme à montrer que ce poète n'était que l'expression la plus puissante, le témoignage spirituel de toute une génération, — l'expression sensible d'une époque devenue passionnée. Dans un large mouvement il décrivait cette heure extraordinaire qu'avait connue l'Angleterre, cette seconde unique d'extase, comme il en surgit à l'improviste dans la vie de chaque peuple ou dans celle de chaque individu, concentrant toutes les forces en un élan souverain vers les choses éternelles. Tout d'un coup, la terre s'était élargie, un nouveau continent avait été découvert, tandis que la plus ancienne puissance du continent, la papauté, menaçait de s'effondrer : derrière les mers qui maintenant appartiennent aux Anglais, depuis que le vent et les vagues ont mis en pièces l'Armada de l'Espagne, de nouvelles possibilités surgissent brusquement ; l'univers a grandi et involontairement l'âme se travaille pour l'égaler : elle aussi, elle veut grandir, elle aussi elle veut pénétrer jusqu'aux profondeurs extrêmes du bien et du mal ; elle veut découvrir et conquérir, comme les conquistadors ; elle a besoin d'une nouvelle langue, d'une nouvelle force. Et en une nuit éclosent ceux qui vont parler cette langue : les poètes... ils sont cinquante, cent dans une seule décennie, sauvages et libres compagnons qui ne cultivent plus des jardins d'Arcadie et qui ne versifient plus une mythologie de convention, comme le faisaient les poétereaux de cour qui les ont précédés. Eux, ils prennent d'assaut le théâtre; ils font leur champ de bataille de ces arènes où auparavant il n'y avait que des animaux auxquels on donnait la chasse, ou des jeux sanglants, et le goût du sang chaud est encore dans leurs œuvres; leur drame lui-même est un *circus maximus* dans lequel les bêtes fauves du sentiment se précipitent les unes sur les autres, altérées de malefaim. La fureur de ces cœurs passionnés se déchaîne à la manière des lions; ils cherchent à se surpasser l'un l'autre en sauvagerie et en exaltation; tout est permis à leur description, tout est autorisé: inceste, meurtre, forfait, crime; le tumulte effréné de tous les instincts humains célèbre sa brûlante orgie. Ainsi qu'autrefois les bêtes affamées hors de leur prison, ce sont maintenant les passions ivres qui se précipitent, rugissantes et menaçantes, dans l'arène close de pieux. C'est une explosion unique, violente comme celle d'un pétard, une explosion qui dure cinquante ans, un bain de sang, une éjaculation, une sauvagerie sans pareille qui étreint et déchire toute la terre: à peine si l'on distingue l'individualité des voix et des figures dans cette orgie de forces. L'un reçoit de l'autre le feu sacré; on s'excite l'un l'autre, chacun apprend, vole quelque chose à l'autre; chacun combat pour surpasser et dépasser les autres, et cependant ce sont tous les gladiateurs intellectuels d'une seule fête, des esclaves en rupture de chaîne, que fouette et pousse en avant le génie de l'heure. Il va les chercher dans les taudis louches et obscurs des faubourgs, aussi bien que dans les palais : les Ben Jonson[1], petit-fils de maçon ; les Marlowe, fils de savetier, les Massinger, issu d'un valet de chambre, les Philipp Sidney, riche et savant homme d'État ; mais le tourbillon de feu les entraîne tous ensemble ; aujourd'hui ils sont fêtés, demain ils crèvent, les Kyd, les Heywoods, dans la misère la plus profonde ; ou bien ils s'abattent affamés, comme Spenser dans King Street, tous menant une existence irrégulière, bretteurs, acoquinés à des prostituées, comédiens, escrocs — mais poètes, poètes, poètes, ils le sont tous. Shakespeare n'est que leur centre, « the very age and body of the time » ; mais on n'a même pas le temps de le séparer des autres, tellement ce tumulte est impétueux, tellement les œuvres pullulent pêle-mêle, tellement embrouillé est l'écheveau des passions. Et tout d'un coup, dans une convulsion semblable à celle de sa naissance, cette éruption, la plus splendide de l'humanité, retombe ; le drame est fini, l'Angleterre est épuisée, et pendant des centaines d'années le brouillard gris et humide de la Tamise pèse lourdement sur l'esprit : dans un élan unique, une génération a gravi tous les sommets de la passion, en a fouillé les abîmes, a mis à nu ardemment son âme exubérante et folle. Maintenant le pays est là, fatigué, épuisé ; un puritanisme vétilleux ferme les théâtres et met ainsi fin

1. *Les Ben Jonson...* : tous les noms qui suivent appartiennent à la période élisabéthaine, que Zweig étudia de près quand il travailla, au début des années 1930, à une biographie de l'autre reine : *Marie Stuart*, publiée en 1935. *La Confusion des sentiments* montre ici comment les différentes créations de Zweig s'enrichissent mutuellement (c'est « la machine », comme il dit).

aux effusions passionnées; la Bible reprend la parole, la parole divine, là où la plus humaine de toutes les paroles avait osé la confession la plus brûlante de tous les temps et là où, embrasée d'une ardeur sans pareille, une génération avait en une seule fois vécu pour des milliers d'autres.

Et, par un brusque tournant, le feu à éclipses du discours se fixa à l'improviste sur nous: « Comprenez-vous maintenant pourquoi je ne commence pas mon cours selon l'ordre historique, par le début chronologique, par le roi Arthur et par Chaucer, mais au mépris de toutes les règles, par les Élisabéthains? Et comprenez-vous que je vous demande avant tout de vous familiariser avec eux, de vous mettre à l'unisson de cette suprême ardeur de vivre? Car il n'y a pas d'intelligence philologique possible, si l'on ne pénètre pas la vie même; il n'y a pas d'étude grammaticale des textes sans la connaissance des valeurs; et vous, jeunes gens, il faut que vous aperceviez d'abord dans sa plus haute forme de beauté, dans la forme puissante de sa jeunesse et de sa plus extrême passion, un pays et une langue, dont vous voulez faire la conquête. C'est d'abord chez les poètes que vous devez entendre parler la langue, chez eux qui la créent et lui donnent sa perfection; il faut que vous ayez senti la poésie vivre et respirer dans votre cœur, avant que nous nous mettions à en faire l'anatomie. C'est pourquoi je commence toujours par les dieux, car la véritable Angleterre, c'est Élisabeth, c'est Shakespeare et les Shakespeariens; tout ce qui précède n'est qu'une préparation, tout ce qui suit n'est qu'une contrefaçon boiteuse de cet élan original et hardi vers l'infini. Mais, jeunes gens, sentez, sentez vous-mêmes palpiter ici la plus vivante jeunesse de notre univers! Car on ne reconnaît jamais un phénomène, une individualité qu'à sa flamme, qu'à sa passion. Car tout esprit vient du sang, toute pensée vient de la passion, toute passion de l'enthousiasme — voilà pourquoi, jeunes gens, c'est, avant tous les autres, Shakespeare et les siens qui vous rendront vraiment jeunes! L'enthousiasme d'abord, ensuite l'application laborieuse; Lui d'abord, le Suprême, le Sublime, Shakespeare, ce splendide *abrégé*[1] de l'univers, avant l'étude du mot à mot!

« Et maintenant, assez pour aujourd'hui, au revoir. » Ce disant, la main s'arrondit en un geste brusque de conclusion et marqua impérieusement la fin de la musique, tandis que lui-même sautait de sa table. Comme disloqué par une secousse, le faisceau des étudiants serrés l'un contre l'autre se défit aussitôt; des sièges craquèrent et remuèrent, des tables bougèrent; vingt gosiers jusqu'alors muets commencèrent tous à la fois à parler, à toussoter, à respirer largement; c'est maintenant qu'on pouvait se rendre compte combien magnétique avait été la fascination qui fermait toutes ces lèvres, soudain palpitantes. Le mouvement et le pêle-mêle qu'il y eut alors dans l'étroite salle n'en furent que plus ardents et plus vifs; quelques étudiants allèrent vers le professeur pour le remercier ou pour lui dire quelque chose; tandis que les autres, le visage en feu, échan-

---

1. *Ce splendide abrégé*: en allemand « Repetitorium », terme qui désignait un manuel d'enseignement (*cf.* le « répétiteur » dont les cours particuliers reprennent les cours de la classe).

geaient entre eux leurs impressions; mais aucun ne restait froid, aucun n'échappait à l'action de ce courant électrique, dont le contact avait brusquement été coupé et dont malgré tout, les étincelles secrètes et les effluves semblaient pétiller encore dans l'air chargé de tension.

Quant à moi, je ne pouvais pas bouger, j'étais comme frappé au cœur. Passionné et capable seulement de saisir les choses d'une manière passionnée, dans l'élan fougueux de tous mes sens, je venais pour la première fois de me sentir conquis par un maître, par un homme; je venais de subir l'ascendant d'une puissance devant laquelle c'était un devoir absolu et une volupté de s'incliner. Mon sang me brûlait dans les veines, je le sentais; ma respiration était plus rapide; ce rythme impétueux battait jusque dans mon corps, et tiraillait avec impatience mes articulations. Enfin je cédai à mon impulsion, et je me poussai lentement jusqu'au premier rang pour voir la figure de cet homme, car chose étrange, tandis qu'il parlait, je n'avais pas du tout aperçu ses traits, tellement ils étaient fondus dans la trame même de son discours. Alors encore, je ne pus d'abord apercevoir qu'un profil imprécis, comme une silhouette: il était debout, à demi tourné vers un étudiant, lui posant familièrement la main sur l'épaule, dans le contre-jour de la fenêtre. Mais même ce mouvement spontané avait une cordialité et une grâce que je n'aurais jamais cru possibles chez un pédagogue.

Sur ces entrefaites, quelques étudiants m'avaient remarqué, et, afin de ne pas passer à leurs yeux pour un intrus, je fis encore quelques pas vers le professeur et j'attendis qu'il eût terminé son entretien. C'est à ce moment-là que je pus examiner à loisir son visage : une tête de Romain, avec un front de marbre bombé, aux côtés luisants surmontés d'une vague de cheveux blancs rebroussés en crinière. C'était, en haut, la hardiesse imposante d'une figure exprimant une forte intellectualité, mais au-dessous des cernes profonds autour des yeux, le visage s'amollissait vite, devenait presque efféminé par la rondeur lisse du menton et par la lèvre mobile, tiraillée nerveusement tantôt en forme de sourire, et tantôt en une inquiète déchirure. Ce qui en haut donnait au front sa beauté virile, la plastique amollie de la chair le dissolvait dans des joues un peu flasques et une bouche changeante ; imposante et autoritaire au premier abord, sa face vue de près produisait une impression de tension pénible. L'attitude de son corps révélait une dualité analogue. Sa main gauche reposait indolemment sur la table ou du moins paraissait reposer, car sans cesse de petits battements crispés passaient sur les nodosités de ses doigts ; ceux-ci qui étaient minces et, pour une main d'homme, un peu trop délicats, un peu trop mous, peignaient avec impatience des figures invisibles sur le bois nu de la table, tandis que ses yeux recouverts de lourdes paupières étaient baissés et marquaient l'intérêt qu'il prenait à la conversation. Était-ce de l'inquiétude, ou bien l'émotion vibrait-elle encore dans ses nerfs agités ? En tout cas, le tressaillement involontaire de sa main était en contradiction avec l'attention patiente et calme de son visage qui, épuisé et pourtant concentré, paraissait plongé tout entier dans l'entretien avec l'étudiant.

Enfin ce fut mon tour ; je m'avançai, déclinai mon nom et mes intentions, et aussitôt son œil s'éclaira en tournant vers moi sa pupille à l'éclat presque bleu. Pendant deux ou trois bonnes secondes d'interrogation, cette lueur fit le tour de mon visage, depuis le menton jusqu'à la chevelure; sans doute que cet examen doucement inquisiteur me fit rougir, car le professeur répondit à mon trouble par un rapide sourire, en disant: «Vous voulez donc vous inscrire à mon cours; il faudra que nous en causions ensemble d'une manière plus précise. Excusez-moi de ne pas le faire tout de suite. J'ai maintenant à régler encore quelques questions; mais attendez-moi en bas devant le portail et ensuite vous m'accompagnerez jusque chez moi.» En même temps il me tendit la main, une main délicate et mince, dont le contact fut à mes doigts plus léger qu'un gant, tandis que déjà il était tourné avec affabilité vers le suivant qui attendait là.

Je restai donc devant le portail pendant dix minutes, le cœur battant. Qu'allais-je lui dire, s'il me questionnait sur mes études? Comment lui avouer que j'avais toujours écarté de mon travail aussi bien que de mes heures de loisir tous sujets littéraires? Ne me mépriserait-il pas, ou du moins ne m'exclurait-il pas aussitôt de ce cercle de feu par lequel je me sentais aujourd'hui magiquement embrasé? Mais à peine se fut-il approché d'un pas rapide, avec un bon sourire, que sa présence suffit déjà à m'ôter toute gêne; et même, sans qu'il eût insisté, j'avouai (incapable de rien dissimuler devant lui) que j'avais assez mal employé mon premier semestre. De nouveau son regard de chaleureux intérêt se posa sur moi. «La pause, elle aussi, fait partie de la musique», sourit-il pour m'encourager; et, apparemment pour ne pas me rendre davantage honteux de mon ignorance, il se contenta de me questionner sur des choses personnelles, sur mon pays natal et l'endroit où je pensais me loger. Lorsque je lui eus dit que jusqu'à présent je n'avais pas cherché de chambre, il m'offrit son concours et me conseilla d'aller voir d'abord dans sa maison, car une vieille femme à demi sourde avait à y louer une gentille chambrette dont plusieurs de ses étudiants avaient été chaque fois satisfaits. Et quant au reste, il s'en occuperait lui-même: si mon intention était réellement de prendre l'étude au sérieux, il considérait comme son devoir le plus cher de m'être utile à tous égards. Lorsque nous fûmes arrivés devant sa maison, il me tendit de nouveau la main et m'invita à lui rendre visite chez lui le lendemain soir, afin que nous élaborions en commun un plan d'études. Ma reconnaissance pour la bonté inespérée de cet homme était si grande que je ne pus qu'effleurer respectueusement sa main et ôter mon chapeau d'un air embarrassé, en oubliant de le remercier en paroles.

Il va de soi que je louai aussitôt la chambrette dans cette maison. Même si elle ne m'eût pas plu du tout, je ne l'en aurais pas moins prise, et cela uniquement à cause de l'impression, naïve et reconnaissante, de me trouver spatialement plus près de ce maître enchanteur qui, en une heure, m'avait donné plus que tous les autres ensemble. Mais la petite chambre était ravissante: située au-dessus de l'appartement de mon maître, rendue un peu obscure par le pignon de bois qui la surmontait, elle offrait de la fenêtre une large vue à la ronde sur les toits voisins et sur le clocher; dans le lointain on distinguait un carré de verdure et, au-dessus, les nuages, les chers nuages de ma patrie. Une petite vieille, sourde comme un pot, s'occupait avec les soins touchants d'une mère de ses pupilles du moment. En deux minutes je me mis d'accord avec elle, et une heure plus tard, ma malle grinçante faisait crier en montant l'escalier de bois.

Ce soir-là, je ne sortis plus; j'oubliai même de manger, de fumer. Mon premier mouvement avait été de tirer de ma malle le Shakespeare que par hasard j'avais emporté, impatient de le lire (c'était la première fois depuis des années); ma curiosité avait été enflammée jusqu'à la passion par le discours du professeur, et je lus l'œuvre du poète comme je ne l'avais jamais fait auparavant. Peut-on expliquer des changements semblables ? Mais tout d'un coup, je découvrais dans ce texte un univers; les mots se précipitaient sur moi, comme s'ils me cherchaient depuis des siècles; le vers courait, en m'entraînant comme une vague de feu, jusqu'au plus profond de mes veines, de sorte que je sentais à la tempe cette étrange sorte de vertige ressenti quand on rêve qu'on vole. Je vibrais, je tremblais; je sentais mon sang couler plus chaud en moi; une espèce de fièvre me saisissait; rien de tout cela ne m'était encore jamais arrivé et, pourtant, je n'avais fait qu'entendre un discours passionné. Mais l'enivrement de ce discours persistait sans doute encore en moi; si je répétais une ligne tout haut, je sentais que ma voix imitait inconsciemment la sienne; les phrases bondissaient suivant le même rythme impétueux et mes mains avaient envie, tout comme les siennes, de planer et de s'envoler. Comme par un coup de magie, j'avais en une heure de temps renversé le mur qui jusqu'alors me séparait du monde de l'esprit et je me découvrais, moi, passionné par essence, une nouvelle passion qui m'est restée fidèle jusqu'à aujourd'hui : le désir de jouir de toutes les choses terrestres dans des mots inspirés. Par hasard, j'étais tombé sur *Coriolan*[1], et je fus pris comme d'un vertige, lorsque je trouvai en moi tous les éléments de cet homme, le plus singulier de tous les Romains : fierté, orgueil, colère, raillerie, moquerie, tout le sel, tout le plomb, tout l'or, tous les métaux du sentiment. Quel plaisir nouveau pour moi que de découvrir, de comprendre cela tout d'un coup, magiquement ! Je lus et je lus jusqu'à en avoir les yeux brûlants ; lorsque je regardai ma montre, il était trois heures et demie. Presque effrayé de cette nouvelle puissance qui, pendant six heures, avait fait vibrer tous mes sens, en les stupéfiant, j'éteignis la lumière, mais en moi-même les images continuèrent de briller et de fulgurer ; je pus à peine dormir dans le désir et l'attente du lendemain qui, pensais-je, élargirait cet univers qui s'était découvert à moi d'une manière si enchanteresse, et en ferait entièrement ma propriété.

---

1. *Coriolan* : tragédie de Shakespeare (1608). Le héros est un général romain dont la traîtrise n'est pas sans rappeler le personnage de Thersite, sur qui Zweig composa un drame en 1906.

Mais le lendemain matin m'apporta une déception. Mon impatience m'avait fait arriver un des premiers dans la salle où mon maître (car c'est ainsi que je l'appellerai désormais) devait faire son cours sur la phonétique anglaise. Son entrée suffit à me faire peur : était-ce donc là le même homme qu'hier, ou bien étaient-ce seulement mon esprit excité et mon souvenir qui avaient fait de lui un Coriolan enflammé, qui sur le Forum brandissait la parole comme la foudre, intrépide et héroïque, subjuguant et domptant toute résistance ? Celui qui entrait ici d'un pas menu et traînant était un vieil homme fatigué. Comme si un vernis pâle et lumineux eût quitté son visage, je remarquai maintenant, assis au premier rang, que ses traits ternes et presque maladifs étaient sillonnés de rides profondes et de larges crevasses ; des ombres bleues creusaient comme des rigoles dans le gris flasque des joues. Tandis qu'il lisait, des paupières trop lourdes voilaient ses yeux ; et la bouche aux lèvres décolorées et trop minces ne donnait à la parole aucune sonorité : où était son allégresse, cet enthousiasme qui s'exaltait de sa propre jubilation ? Même la voix me semblait étrangère ; comme désenchantée par cet exposé de grammaire, elle allait avec raideur, d'un pas monotone et fatigant, à travers un sable qui faisait entendre un crissement sec.

Je fus pris d'inquiétude. Ce n'était, certes, pas là l'homme que j'attendais avec impatience depuis le point du jour ; et qu'était devenu son visage, qui brillait hier sur moi comme un astre ? Ici un professeur usé déroulait froidement son cours ! J'écoutais avec une anxiété toujours

33

nouvelle l'accent de sa parole, pour voir si malgré tout le ton d'hier ne reparaîtrait pas, cette vibration chaude qui avait étreint mon être comme une main sonore et qui l'avait haussé jusqu'à la passion. Mon regard se posait sur lui toujours plus inquiet, palpant en quelque sorte, plein de déception, ce visage devenu étranger : indéniablement la figure était la même, mais elle semblait vidée, dépouillée de toutes forces créatrices, lasse et vieillie, comme le masque parcheminé d'un vieil homme. Mais une pareille chose était-elle possible ? Pouvait-on être si jeune à une certaine heure et, l'heure d'après, si vieux ? Y avait-il des bouillonnements de l'esprit qui soudain transforment le visage aussi bien que la parole et qui vous rajeunissent de dizaines d'années ?

La question me tourmentait. Je sentais brûler en moi comme une soif de mieux connaître cet homme au double aspect. Et obéissant à une inspiration subite, à peine eut-il quitté sa chaire, en passant devant nous sans nous regarder, que je courus à la bibliothèque et demandai ses publications. Peut-être qu'aujourd'hui il était tout simplement fatigué et que son élan avait été étouffé par une indisposition physique : mais ici, dans la forme du livre fixée pour durer, je trouverais forcément le moyen de pénétrer et de comprendre sa personnalité qui m'intriguait si fortement. Le garçon m'apporta les livres : je fus surpris de leur petit nombre. En vingt ans, cet homme déjà vieillissant n'avait donc publié que cette mince série de brochures détachées, d'introductions, de préfaces, une thèse sur l'authenticité du *Périclès* de Shakespeare, un parallèle entre

Hölderlin et Shelley[1] (cela, il est vrai, à une époque où aucun des deux n'était considéré par son peuple comme un génie) et sinon, rien que de la pacotille philologique. À vrai dire, tous ces écrits annonçaient comme en préparation un ouvrage en deux volumes intitulé *Le Théâtre du Globe, son histoire, sa description, ses auteurs*[2]. Mais bien que cette annonce remontât déjà à vingt ans, le bibliothécaire me confirma, sur la demande que je lui en fis expressément, que l'ouvrage n'avait jamais paru. Un peu craintif et n'ayant plus déjà qu'un faible courage, je feuilletai ces brochures dans l'ardent espoir d'y entendre de nouveau la voix enivrante et son rythme impétueux. Mais ces écrits marchaient d'un pas de constante gravité ; nulle part n'y frémissait le rythme à la chaude cadence, bondissant au-dessus de lui-même comme la vague au-dessus de la vague, le rythme de ce discours enivrant. Quel dommage, soupira quelque chose en moi ; j'avais envie de me donner des coups, tellement je frémissais de colère et de méfiance à l'égard de mon sentiment qui, trop rapide et trop crédule, s'était abandonné à *lui*. Mais l'après-midi, au séminaire, je le reconnus. Tout d'abord, il ne parla pas lui-même. Cette fois-ci, suivant l'usage des «collèges» anglais, deux douzaines d'étudiants étaient répartis, pour la discussion, en deux camps, parlant pour et contre ; le sujet était

1. *Hölderlin* (1770-1843) et *Shelley* (1792-1822) : figures majeures du romantisme européen, dont la nature démonique fascine Zweig ; il consacra à Hölderlin un essai dans *Combat avec le démon* (publié en 1925).
2. *Le Théâtre du Globe* : actif entre 1599 et 1642 ; construit en bois, de forme octogonale, et très populaire au début du XVIIe siècle ; Shakespeare en fut actionnaire.

encore emprunté à son Shakespeare bien-aimé : il s'agissait de savoir si Troïlus et Cressida (dans son œuvre préférée) devaient être considérés comme des figures de parodie, et l'œuvre elle-même comme une comédie satirique ou comme une tragédie masquée par l'ironie. Bientôt, sous l'action de sa main habile, cet entretien simplement intellectuel s'enflamma et se chargea d'une animation électrique. Les arguments bondissaient avec acuité contre des assertions manquant de vigueur ; des interruptions et des exclamations stimulaient vivement l'ardeur et l'impétuosité de la discussion, si bien que ces jeunes gens se manifestaient mutuellement presque de l'hostilité. C'est alors seulement, lorsque les étincelles se mirent à crépiter, que le professeur intervint brusquement, calma la confrontation devenue trop violente, en ramenant avec adresse la discussion à son objet, mais en même temps pour lui imprimer, par une impulsion secrète, un puissant élan spirituel s'élevant jusqu'à l'infini ; et ainsi il fut subitement au centre de ce jeu de flammes dialectiques, lui-même plein d'une allègre excitation, aiguillonnant et modérant à la fois ce combat de coqs entre les opinions, maître de cette vague déferlante d'enthousiasme juvénile et lui-même emporté par elle. Appuyé à la table, les bras croisés sur la poitrine, il regardait l'un, puis l'autre, souriant à celui-ci, encourageant celui-là discrètement à la riposte, et son œil brillait du même feu que la veille : je sentais qu'il était obligé de se maîtriser pour ne point leur ôter à tous, d'un seul coup, la parole de la bouche. Mais il se contenait avec violence ; je le voyais à ses mains, qui pressaient toujours plus fortement sa poitrine comme les douves d'un tonneau; je le devinais à ses commissures frémissantes, qui retenaient avec peine le mot déjà palpitant. Et subitement, ce fut plus fort que lui; il se jeta avec ivresse dans la discussion, à la façon d'un plongeur; d'un geste énergique de sa main brandie, il coupa en deux le tumulte, comme fait la baguette d'un chef d'orchestre: aussitôt tous se turent, alors il résuma les arguments, à sa manière harmonieuse. Et, tandis qu'il parlait, resurgissait son visage de la veille; les rides disparaissaient derrière le jeu flottant des nerfs, son cou et sa silhouette se tendaient en un geste hardi et dominateur et, abandonnant sa posture courbée de guetteur, il s'élança dans le discours, comme dans un flot torrentiel. L'improvisation l'emporta: et je commençai à comprendre que, d'un tempérament froid lorsqu'il était seul, il était privé, dans un cours théorique ou dans la solitude de son cabinet, de cette matière enflammée qui, ici, dans notre groupe compact, fasciné et retenant son souffle, faisait exploser une barrière intérieure; il avait besoin (oh, que je le sentais!) de notre enthousiasme pour en avoir lui-même, de notre intérêt pour ses effusions intellectuelles, de notre jeunesse pour ses élans de jeunesse. Comme un joueur de cymbalum se grise du rythme toujours plus sauvage de ses mains frénétiques, son discours devenait toujours plus puissant, plus enflammé, plus coloré et plus ardent; et plus notre silence était profond (malgré soi on percevait dans l'espace les respirations contenues), plus son exposé s'envolait, plus il était captivant et plus il s'élançait comme un hymne. En ces minutes-là tous nous lui appartenions, à lui seul, entièrement possédés par cette exaltation.

Et de nouveau, lorsqu'il termina soudain, en évoquant un passage du discours de Goethe sur Shakespeare[1], notre excitation retomba tout d'un coup. Et de nouveau, comme la veille, il s'appuya épuisé contre la table, le visage blême, mais encore parcouru par les petites vibrations et les frémissements des nerfs, et dans ses yeux luisait étrangement la volupté de l'effusion qui durait encore, comme chez une femme qui vient de s'arracher à une étreinte souveraine. J'avais scrupule à m'entretenir maintenant avec lui, mais par hasard son regard tomba sur moi, et indéniablement il sentit ma gratitude enthousiasmée, car il me sourit d'un air amical et, légèrement tourné vers moi, sa main entourant mon épaule, il me rappela que je devais aller le trouver chez lui, le soir même, comme convenu.

À sept heures précises, je me trouvai donc chez lui. Avec quel tremblement l'adolescent que j'étais, franchit-il ce seuil pour la première fois ! Rien n'est plus passionné que la vénération d'un jeune homme, rien n'est plus timide, plus féminin que son inquiète pudeur. On me conduisit dans son cabinet de travail ; une pièce à demi obscure où je ne vis d'abord, à travers les vitres des bibliothèques, que les dos bariolés d'une multitude de livres. Au-dessus de la table était accrochée *l'École d'Athènes* de Raphaël, tableau qu'il aimait particulièrement (comme il me l'expliqua par la suite), parce que toutes les disciplines, tous

1. *Discours de Goethe sur Shakespeare* : il peut s'agir d'un texte de jeunesse *Zum Shakespeare Tag*, de 1771, pré-werthérien (Hamburger Ausgabe, vol. 12, pp. 224-227) — ou aussi d'un texte de 1815, intitulé *Shakespeare und kein Ende* (*ibid.* pp. 287-298 ; en français «Shakespeare à n'en plus finir», *in* « Écrits sur l'art », Klincksieck 1893, p. 215).

les courants de pensée y sont symboliquement unis en une synthèse parfaite. Je le voyais pour la première fois : malgré moi, je crus découvrir dans le visage volontaire de Socrate une ressemblance avec le front de mon maître. Plus loin derrière brillait un marbre blanc, une belle réduction du buste du *Ganymède* de Paris, avec, tout près, le *Saint Sébastien* d'un vieux maître allemand : beauté tragique qui probablement n'avait pas été placée par hasard à côté d'une beauté voluptueuse. J'attendais, le cœur battant, silencieux comme toutes ces œuvres d'art, nobles et muettes, qui étaient là tout autour ; ces objets exprimaient symboliquement une beauté spirituelle nouvelle pour moi, que je n'avais jamais pressentie et ne comprenais pas encore très nettement, bien que je me sentisse déjà prêt à communier fraternellement avec elle. Mais je n'eus que peu de temps pour contempler tout cela, car celui que j'attendais entrait déjà et se dirigeait vers moi ; de nouveau se posa sur moi ce regard mollement enveloppant et qui brûlait comme d'un feu caché, ce regard qui, à ma propre surprise, dégelait et épanouissait ce qui était le plus secret dans mon être. Je lui parlai aussitôt avec une liberté complète, comme à un ami, et lorsqu'il me questionna sur mes études à Berlin, monta soudain malgré moi à mes lèvres (j'en fus moi-même tout effrayé) le récit de la visite de mon père, et je confirmai à cet étranger le serment secret que j'avais fait de me livrer au travail avec le sérieux le plus absolu. Il me regarda d'un air ému : « Non seulement avec sérieux, mon garçon, dit-il ensuite, mais surtout avec passion. Celui qui n'est pas passionné devient tout au plus un pédagogue ; c'est toujours par l'intérieur qu'il faut aller aux choses, toujours, toujours en partant de la passion.» Sa voix devenait de plus en plus chaude, et la pièce de plus en plus obscure. Il me parla beaucoup de sa propre jeunesse, me raconta comment lui aussi avait follement commencé et comment il ne découvrit que tard sa propre vocation : je n'avais qu'à être courageux et, dans la mesure de ses moyens, il m'aiderait ; je pouvais m'adresser à lui sans crainte, quels que fussent mes désirs et mes questions. Jamais encore, dans toute ma vie, personne ne m'avait parlé avec autant d'intérêt, avec une compréhension aussi profonde. Je tremblais de gratitude et j'étais heureux que l'obscurité cachât mes yeux humides.

J'aurais ainsi pu rester là des heures, sans faire attention au temps, lorsqu'on frappa légèrement. La porte s'ouvrit : une mince silhouette entra, comme une ombre. Il se leva et présenta : «Ma femme.» L'ombre svelte, indistincte, approcha, mit une petite main dans la mienne et dit alors, tournée vers lui : «Le dîner est prêt. — Oui, oui, je le sais», répondit-il hâtivement et (ce fut du moins mon impression) d'un air un peu contrarié. Quelque chose de froid parut soudain être passé dans sa voix et, comme maintenant la lumière électrique flamboyait, il redevint l'homme vieilli de l'austère salle de cours qui, d'un geste las, me congédia.

Je passai les deux semaines qui suivirent dans une fureur passionnée de lire et d'apprendre. Je sortais à peine de ma chambre ; pour ne pas perdre de temps, je prenais mes repas debout ;

j'étudiais sans arrêt, sans récréation, presque sans sommeil. Il en était de moi comme de ce prince du conte oriental qui, brisant l'un après l'autre les sceaux posés sur les portes de chambres fermées, trouve dans chacune d'elles des monceaux toujours plus gros de bijoux et de pierres précieuses, et explore avec une avidité toujours plus grande l'enfilade de ces pièces, impatient d'arriver à la dernière. C'est exactement ainsi que je me précipitais d'un livre dans un autre, enivré par chacun, mais jamais rassasié: mon impétuosité était maintenant passée dans le domaine de l'esprit. J'eus alors un premier pressentiment de l'immensité inexplorée de l'univers intellectuel: aussi séduisant pour moi que l'avait été d'abord le monde aventureux des villes; mais en même temps j'éprouvais la crainte puérile d'être impuissant à prendre possession de cet univers; aussi j'économisais sur mon sommeil, mes plaisirs, mes conversations, sur toutes formes de distraction, uniquement pour mieux profiter du temps dont, pour la première fois, je comprenais tout le prix. Mais ce qui enflammait de telle sorte mon zèle, c'était surtout l'amour-propre, pour ne pas déchoir devant mon maître, ne pas décevoir sa confiance, pour obtenir de lui un sourire d'approbation et l'attacher à moi comme j'étais attaché à lui. La moindre occasion me servait d'épreuve; sans cesse je stimulais mes facultés (mal dégrossies encore, mais devenues remarquablement actives) — pour lui en imposer, le surprendre: si dans son cours il nommait un auteur dont l'œuvre m'était étrangère, l'après-midi je me mettais en chasse, afin de pouvoir le lendemain étaler avec vanité mes connaissances au fil de la discussion. Un désir exprimé par lui tout à fait en passant et à peine aperçu par les autres devenait pour moi un ordre : ainsi il suffit d'une observation faite négligemment au sujet du sempiternel tabagisme des étudiants, et aussitôt, je jetai ma cigarette allumée et je renonçai tout à coup, pour toujours, à l'habitude ainsi censurée. Comme la parole d'un évangéliste, la sienne était pour moi, à la fois, loi et faveur ; sans cesse aux aguets, mon attention toujours tendue saisissait avidement chacune de ses remarques, jusqu'aux plus anodines. Je faisais mon bien, comme un avare, de chacune de ses paroles et de chacun de ses gestes, et dans ma chambre je palpais avec tous mes sens et je gardais passionnément ce butin ; autant je ne voyais en lui que le guide, autant mon ambition intolérante ne voyait dans tous mes camarades que des ennemis, — ma volonté jalouse se jurant chaque jour à nouveau de les surpasser et de les vaincre.

Sentait-il lui-même tout ce qu'il était pour moi, ou bien s'était-il mis à aimer cette fougue de mon être... toujours est-il que mon maître me distingua bientôt d'une manière particulière, en me manifestant un intérêt visible. Il conseillait mes lectures, il me poussait, moi, le tout nouveau, d'une manière presque injuste au premier rang des discussions collectives, et souvent il m'autorisait à venir le soir m'entretenir familièrement avec lui. Alors il prenait le plus souvent un des livres posés contre le mur et, de cette voix sonore qui dans l'animation devenait toujours plus claire et plus haute d'un ton, il lisait des passages de poèmes ou de tragédies, ou bien il expliquait des problèmes controversés ; dans ces deux premières semaines d'enivrement, j'ai appris plus de choses sur l'essence de l'art que jusqu'alors en dix-neuf ans. Nous étions toujours seuls durant cette heure pour moi trop brève. Vers huit heures, on frappait doucement à la porte : c'était sa femme qui l'appelait pour dîner. Mais elle n'entrait jamais plus dans la pièce, obéissant visiblement à la consigne de ne pas interrompre notre entretien.

Ainsi quinze jours s'étaient écoulés, des jours du début de l'été, remplis à éclater et surchauffés, lorsqu'un matin la force de travail se brisa en moi, comme un ressort trop tendu. Déjà auparavant, mon maître m'avait averti, me disant de ne pas pousser à l'excès l'application, de prendre de temps en temps un jour de repos et d'aller à la campagne ; voici que brusquement cette prédiction s'accomplissait : je me réveillai apathique après un sommeil trouble ; les lettres dansaient devant moi comme des têtes d'épingles, dès que j'essayais de lire. Fidèle comme un esclave, même à la moindre parole de mon maître, je résolus aussitôt d'obéir et de prendre, au milieu de ces journées assoiffées de culture, un jour de liberté et de récréation. Je m'en fus dès le matin ; je visitai pour la première fois la ville, en partie ancienne ; je grimpai les centaines de marches du clocher, uniquement pour donner du nerf à mon corps, et de la plate-forme, je découvris un petit lac entouré de verdure. En homme du nord, né au bord de la mer, j'aimais passionnément la natation, et précisément ici, en haut du clocher vers lequel les prairies mouchetées brillaient comme un pays d'étangs verts, je fus saisi brusquement d'un désir irrésistible, comme apporté par le vent de mon pays, le désir de me plonger dans le cher élément. Et l'après-midi, à peine déniché l'emplacement de la baignade, quand j'eus nagé quelques brasses, mon corps recommença à se sentir bien en train; les muscles de mes membres reprenaient une souplesse et une élasticité qu'ils n'avaient pas connues depuis des semaines; le soleil et le vent jouant sur ma peau nue firent renaître en moi, en une demi-heure, le garçon impétueux d'auparavant, qui se colletait sauvagement avec ses camarades et qui risquait sa vie pour une folie; j'avais tout oublié des livres et de la science, tout entier à m'ébrouer et à m'étirer. Avec ce démon qui m'était particulier, repris par une passion depuis longtemps délaissée, je m'étais dépensé pendant deux heures dans l'élément retrouvé, j'avais, trente fois peut-être, plongé depuis le tremplin, pour me décharger par cet exercice du trop-plein de ma force; deux fois j'avais traversé le lac et ma fougue n'était pas encore épuisée. M'ébattant et vibrant de tous mes muscles tendus, je cherchais autour de moi quelle épreuve nouvelle je pourrais bien tenter, impatient de faire quelque chose de fort, d'audacieux et de téméraire.

Voici que de l'autre côté, dans le bain des femmes, le tremplin cria, et je sentis se propager en frémissant jusque dans la charpente l'élan d'un saut puissant. En même temps un corps svelte de femme, auquel la courbe du plongeon donnait la forme d'un croissant d'acier, comme un cimeterre, s'élevait puis piquait, la tête en bas. Pendant un moment le plongeon creusa un tourbillon clapotant surmonté d'une écume blanche; puis la silhouette toute tendue reparut à la surface et se dirigea par des brasses énergiques vers l'île au milieu du lac. « La suivre! la rattraper!» — le goût du sport entraîna mes muscles, d'un seul coup. Aussitôt je me jetai à l'eau et, jouant des épaules, je nageai sur ses traces, en accélérant toujours mon allure. Mais, remarquant qu'elle était poursuivie et tout aussi sportive, la nageuse profita avec entrain de son avance, vira adroitement en passant devant l'île, et reprit à toute vitesse le chemin du retour. Reconnaissant vite son intention, je me jetai moi aussi sur la droite, je nageai avec tant de vigueur que ma main en s'allongeant était déjà dans son sillage et il n'y avait plus qu'une coudée entre nous. Soudain, par une ruse hardie, la fugitive plongea brusquement, pour reparaître ensuite, un instant plus tard, juste derrière la ligne du bassin des femmes, m'interdisant de continuer la poursuite. Ruisselante et victorieuse, elle monta l'échelle: pendant un instant elle fut obligée de s'arrêter, une main sur la poitrine, manifestement à bout de souffle; mais ensuite elle se retourna et lorsqu'elle me vit arrêté à la limite, elle rit vers moi, d'un air de triomphe et les dents brillantes. Je ne pouvais pas très bien distinguer son visage sous le bonnet et contre le vif soleil; seul son rire éclatait ironique et clair dans la direction du vaincu.

J'étais à la fois contrarié et content: pour la première fois depuis Berlin, j'avais senti sur moi ce regard flatteur d'une femme; peut-être était-ce là une aventure qui m'attendait? En trois brasses, je regagnai le bain des hommes; je jetai prestement mes vêtements sur ma peau encore mouillée, afin de pouvoir être assez tôt à la sortie pour la guetter. Je dus attendre dix minutes ; puis (facile à reconnaître à ses formes minces d'éphèbe) mon orgueilleuse adversaire arriva d'un pas léger et accéléra encore dès qu'elle me vit, dans l'intention évidente de m'ôter la possibilité de l'aborder. Elle avançait avec des muscles aussi agiles que précédemment quand elle nageait ; toutes les articulations obéissaient nerveusement à ce corps mince d'adolescent, peut-être un peu trop mince : je m'essoufflai vraiment à la rattraper sans me faire remarquer, car elle filait comme une flèche pour m'échapper. Enfin j'y réussis ; à un tournant du chemin, je m'avançai habilement en obliquant, je levai de très loin mon chapeau comme font les étudiants et je lui demandai, avant même de l'avoir regardée en face, si je pouvais l'accompagner. Elle jeta de côté un regard moqueur, et sans ralentir le rythme ardent de sa marche, elle me répondit avec une ironie presque provocante : « Pourquoi pas, si je ne vais pas trop vite pour vous ? Je suis très pressée. » Encouragé par ce naturel, je devins plus pressant ; je lui posai une douzaine de questions indiscrètes et pour la plupart sottes, auxquelles elle répondait pourtant de bon cœur et avec une liberté si stupéfiante que j'en fus en réalité plus troublé qu'encouragé dans mes intentions. Car mon code berlinois d'entrée en matière prévoyait plutôt la résistance et la raillerie qu'un entretien aussi franc, mené au pas de course : ainsi j'eus pour la seconde fois le sentiment de m'être attaqué très maladroitement à une adversaire trop forte.

Mais encore ce ne fut pas là le pire. Car lorsque, redoublant de curiosité, je lui demandai avec insistance où elle habitait, deux yeux couleur noisette, pleins de fierté, se tournèrent vers moi et étincelèrent, tandis qu'elle ne retenait plus son rire : « Dans votre voisinage le plus immédiat. » Stupéfait, je la regardai fixement. Ses yeux se tournèrent encore une fois de mon côté pour voir si la flèche du Parthe avait touché, et véritablement elle m'était entrée dans la gorge. C'en fut aussitôt fini de cette insolence que j'avais pratiquée à Berlin ; je balbutiai d'une voix mal assurée et presque humblement en lui demandant si ma compagnie ne la gênait pas. « Nullement, fit-elle en souriant de nouveau ; nous n'avons plus que deux rues et nous pouvons bien les parcourir ensemble. » À ce moment-là, mon sang bourdonna à mes oreilles : c'est à peine si je pouvais avancer. Mais que faire ? La quitter maintenant eût été encore une plus grande offense : il me fallut donc marcher avec elle jusqu'à la maison où j'habitais. Alors elle s'arrêta soudain, me tendit la main et me dit négligemment : « Merci de m'avoir accompagnée. Vous viendrez ce soir à six heures voir mon mari, n'est-ce pas ? »

Je dus devenir cramoisi de honte. Mais avant que j'eusse pu m'excuser, elle avait monté prestement l'escalier et j'étais là immobile, songeant avec terreur aux propos stupides que, dans ma balourdise et mon insolence, je m'étais permis. En idiot fanfaron que j'étais, je l'avais invitée, comme une simple cousette, à une excursion dominicale ; j'avais célébré son corps d'une manière sotte et banale, puis j'avais dévidé le refrain sentimental de l'étudiant solitaire ; je me sentais malade de honte, tellement la nausée de moi-même m'étouffait. Et voilà donc qu'elle s'en allait toute rieuse, fière jusqu'aux oreilles, trouver son mari et lui révéler mes sottises, à lui dont le jugement m'était plus précieux que celui de tous les hommes, aux yeux de qui paraître ridicule me semblait plus douloureux que d'être fouetté tout nu sur la place publique !

Je vécus jusqu'au soir des heures atroces : mille fois je me représentai la façon dont il me recevrait avec son fin sourire ironique. Ah! je le savais, il était maître dans l'art des paroles sardoniques et il s'entendait à aiguiser un trait d'esprit qui vous piquait et vous brûlait jusqu'au sang. Un condamné ne peut pas monter à l'échafaud avec plus de terreur que moi, en gravissant l'escalier, et à peine fus-je entré dans son cabinet de travail, retenant difficilement un lourd sanglot, que mon trouble augmenta encore, car je crus bien avoir entendu, dans la pièce à côté, le frou-frou d'une robe de femme. À coup sûr, elle était là aux aguets, l'orgueilleuse, à se repaître de mon embarras et à jouir de la déconfiture du jeune bavard. Enfin, mon maître arriva. « Qu'avez-vous donc ? » me demanda-t-il avec sollicitude. « Vous êtes bien pâle aujourd'hui. » Je prétendis que non, attendant le coup. Mais l'exécution redoutée ne se produisit pas. Il parla, tout comme à l'ordinaire, de choses littéraires ; j'avais beau sonder ses paroles avec anxiété, aucune d'elles ne cachait la moindre allusion ou la moindre ironie, et, d'abord étonné, puis tout heureux, je reconnus qu'elle n'avait rien dit.

À huit heures on frappa à la porte. Je pris congé : mon cœur était de nouveau d'aplomb dans ma poitrine. Lorsque je fus derrière la porte, elle vint à passer : je la saluai, son regard me sourit légèrement ; et, mon sang circulant en moi

48

largement, j'interprétai ce pardon comme la promesse de continuer à se taire.

À partir de ce jour-là, une nouvelle façon d'observer les choses commença pour moi; jusqu'alors ma vénération dévote et puérile considérait tellement le maître, que j'adorais comme un génie d'un autre monde, que j'en oubliais complètement de faire attention à sa vie privée, à sa vie terrestre. Avec cette exagération qui caractérise tout véritable enthousiasme, j'avais nettoyé complètement son existence de toutes les fonctions quotidiennes de notre monde systématique et bien réglé. Et de même que, par exemple, quelqu'un qui pour la première fois est amoureux n'ose déshabiller en pensée la jeune fille qu'il idolâtre ni la regarder tout naturellement comme semblable aux milliers d'autres personnes qui portent une robe, de même je n'osais glisser un regard dans son existence privée : je ne voyais en lui qu'un être toujours sublime, dégagé de toutes les vulgarités matérielles, en sa qualité de messager du Verbe, de réceptacle de l'esprit créateur. Or, maintenant que cette aventure tragi-comique venait de mettre sa femme sur ma route, je ne pus pas m'empêcher d'observer de très près son existence familiale et conjugale; tout à fait contre ma volonté, une curiosité de guetteur inquiet m'ouvrit les yeux, et à peine ce regard fureteur naquit-il qu'il se troubla aussitôt, car l'existence de cet homme, à l'intérieur de son domaine propre, était étrange et constituait comme une énigme presque angoissante. Peu de temps après cette rencontre, lorsque pour la première fois je fus invité à sa table et que je le vis, non pas tout seul mais avec sa femme, j'eus le singulier soupçon que leur vie commune était par trop bizarre; et plus je pénétrai dans l'intimité de cette maison, plus ce sentiment devint troublant pour moi. Non pas qu'en paroles ou dans les gestes une tension ou un désaccord se fût montré entre eux: au contraire, c'était le néant, l'absence complète de toute tension, positive ou négative, qui les enveloppait d'une atmosphère aussi étrange et impénétrable; c'était un calme lourd et orageux du sentiment qui rendait l'air plus oppressant que le déchaînement d'une dispute ou les éclairs d'une rancœur cachée. Extérieurement rien ne trahissait l'irritation ou la tension; seule la distance qui les séparait intérieurement se sentait de plus en plus fort. Car les questions et les réponses de leur conversation raréfiée ne faisaient, pour ainsi dire, que s'effleurer rapidement du bout des doigts; jamais il n'y avait entre eux de cordialité, la main dans la main, et même avec moi, lors des repas, il parlait avec gêne et hésitation. Et parfois, jusqu'à ce que nous nous remettions à parler des études, la conversation se figeait et se concentrait en un vaste bloc de silence, que personne n'osait plus rompre et dont le froid pesant oppressait ensuite mon âme des heures entières.

Ce qui m'effrayait surtout, c'était sa solitude complète. Cet homme ouvert, d'une nature absolument expansive, n'avait aucun ami; seuls ses élèves étaient sa société et sa consolation. Il n'était lié à ses collègues de l'Université que par des rapports d'une correction polie; il n'allait jamais en société; souvent, il restait des jours entiers sans sortir de sa maison, si ce n'est pour faire les vingt pas qu'il y avait jusqu'à l'Université. Il entassait tout en lui-même, silencieusement, sans se confier ni aux hommes, ni à l'écriture. Et maintenant je compris aussi le caractère éruptif, le jaillissement fanatique de ses discours au milieu des étudiants : c'était son être qui s'épanchait soudain après des journées passées à accumuler ; toutes les pensées qu'il portait en lui, muettes, se précipitaient avec cette fougue que les cavaliers appellent si joliment chez les chevaux la ruée vers l'écurie ; elles rompaient impétueusement la clôture du silence, dans cette chasse à courre verbale.

Chez lui il parlait très rarement, à sa femme moins qu'à tout autre. Et avec une surprise inquiète et presque honteuse, je reconnaissais moi-même, tout jeune garçon inexpérimenté que je fusse, qu'il y avait ici une ombre planant entre ces deux êtres, une ombre flottante et toujours présente, faite d'une matière imperceptible, mais malgré tout, les isolant complètement l'un de l'autre ; et pour la première fois je pressentis quelle épaisseur de secret cache la façade d'un mariage. Comme si un pentagramme magique[1] eût été tracé sur le seuil, jamais sa femme n'osait pénétrer dans son cabinet de travail sans une invitation particulière. Par là on voyait distinctement qu'elle était entièrement exclue de son monde intellectuel. Et jamais mon maître ne permettait qu'on parlât de ses projets et de ses

1. *Un pentagramme magique* : autre allusion au *Faust* de Goethe (1re partie, scène « Cabinet d'étude »). Ce signe cabalistique empêche Méphisto de sortir et le rend « prisonnier » de Faust.

travaux quand elle était là. La manière dont il s'interrompait brusquement au milieu d'une phrase à l'essor passionné, aussitôt qu'elle entrait, m'était même franchement pénible. Ce qu'il y avait là de presque offensant et de dédain quasi manifeste ne se dissimulait même sous aucune forme de politesse; d'un ton sec, il repoussait clairement loin de lui toute marque d'intérêt de sa part; mais elle ne paraissait pas remarquer cette offense ou elle y était déjà habituée. Avec son allure de jeune fille pleine de fierté, agile et preste, svelte et musclée, elle montait et descendait les escaliers comme une flèche; elle avait constamment une foule d'occupations, mais cependant toujours du temps; elle allait au théâtre; elle ne négligeait aucune activité sportive; en revanche, cette femme qui pouvait avoir à peu près trente-cinq ans, était dépourvue de tout goût pour les livres, pour son foyer, pour tout ce qui était solitude, calme ou méditation. Elle paraissait seulement se trouver bien lorsque (toujours à fredonner, aimant rire et à chaque instant prête pour une conversation piquante) elle pouvait déployer ses membres dans la danse, la natation, la course, dans n'importe quel exercice violent; avec moi, elle ne parlait jamais sérieusement; elle ne faisait que me taquiner, comme un blanc-bec, et tout au plus voyait-elle en moi un partenaire bon pour des épreuves de force audacieuses. Et cette nature d'agilité et de brillante sensualité formait une opposition si troublante avec le mode de vie de mon maître — sombre, tout replié sur lui-même et seulement enflammé par l'esprit — que je me demandais avec un étonnement toujours nouveau ce qui avait bien pu unir ces deux tempéraments essentiellement dissemblables. À vrai dire, ce singulier contraste était utile pour moi : lorsque, après un travail épuisant, j'entamais la conversation avec elle, il me semblait qu'un casque pesant m'était ôté du front ; après une exaltation extatique, tout reprenait sa couleur quotidienne et son aspect terrestre ; la joyeuse sociabilité de la vie réclamait agréablement ses droits et le rire, que je désapprenais presque dans sa fréquentation austère à lui, venait ainsi fort à propos détendre la pression excessive du travail intellectuel. Une sorte de camaraderie juvénile s'établit entre elle et moi ; et parce que nous ne causions toujours, avec désinvolture, que de sujets indifférents, par exemple en allant ensemble au théâtre, nos rapports n'avaient rien de dangereux. Une seule chose interrompait péniblement l'insouciance complète de nos entretiens et chaque fois me remplissait de trouble : c'était quand le nom de son mari était prononcé. Alors elle opposait invariablement à ma curiosité indiscrète un silence irrité ou bien, lorsque je parlais de lui avec enthousiasme, elle avait un sourire étrangement voilé. Mais ses lèvres restaient fermées : d'une façon différente, mais avec la même violence d'attitude, elle écartait cet homme de sa vie, comme lui-même l'écartait de la sienne. Et pourtant ils vivaient tous deux depuis déjà quinze ans à l'ombre du même toit, sans bruit.

Mais plus ce mystère était impénétrable, plus se renforçait son attraction sur mon impatience passionnée. Il y avait là une ombre, un voile que je sentais frémir, étrangement proche de moi, au souffle de chaque parole ; plusieurs fois déjà je pensais le saisir, ce tissu si troublant, mais il me glissait aussitôt entre les doigts, pour revenir un moment après murmurer tout près de moi; mais cela ne devenait jamais un mot tangible, une forme palpable. Or, rien n'intrigue et n'excite plus un jeune homme que le jeu énervant des vagues hypothèses; l'imagination, qui d'habitude vagabonde avec indolence, voit soudain devant elle un but de chasse, et la voilà qui s'enfièvre dans le plaisir, tout nouveau pour elle, de la poursuite de ce gibier. En ce temps-là, des sens inconnus naquirent en moi qui jusqu'alors étais un garçon engourdi: une ouïe extraordinairement fine, qui captait insidieusement les moindres intonations, un regard épieur et inquisiteur plein de méfiance et d'acuité, une curiosité fureteuse qui fouillait l'obscurité; mes nerfs se tendaient élastiquement jusqu'à devenir douloureux, sans cesse excités par le contact d'un pressentiment et n'arrivant jamais à se détendre dans une impression nette.

Cependant je ne la blâmerai pas, ma curiosité toujours en haleine et aux aguets, car elle était pure. L'émotion qui exaltait ainsi tous mes sens n'était pas celle d'un voyeur concupiscent, aimant à découvrir perfidement chez un être supérieur quelque bassesse humaine; au contraire, elle se teintait d'une angoisse diffuse, d'une compassion perplexe et hésitante, qui devinait avec une anxiété inquiète la présence d'une souffrance chez ce taciturne. Car plus je pénétrais dans sa vie, plus m'oppressait d'une manière concrète l'ombre qui avait déjà marqué le cher visage de mon maître, cette noble mélancolie, noble parce que noblement surmontée, qui jamais ne s'abaissait jusqu'à une mauvaise humeur désagréable ou à une colère incontrôlée; si dès la première heure, il m'avait attiré, moi l'étranger, par les illuminations volcaniques de sa parole, maintenant que j'étais devenu son familier, je me sentais encore plus profondément ému par sa taciturnité, par ce nuage de tristesse qui passait sur son front. Rien ne touche aussi puissamment l'esprit d'un adolescent que l'accablement d'un homme supérieur: le *Penseur* de Michel-Ange, regardant fixement son propre abîme, la bouche de Beethoven, amèrement rentrée, ces masques tragiques de la souffrance universelle émeuvent plus fortement une sensibilité qui n'est pas encore formée que la mélodie argentine de Mozart ou la riche lumière enveloppant les figures de Léonard. Étant elle-même beauté, la jeunesse n'a pas besoin de sérénité: dans l'excès de ses forces vives, elle aspire au tragique, et dans sa naïveté, elle se laisse volontiers vampiriser par la mélancolie. De là vient aussi que la jeunesse est éternellement prête pour le danger et qu'elle tend, en esprit, une main fraternelle à chaque souffrance.

C'était la première fois de ma vie que je rencontrais le visage de quelqu'un qui souffrait véritablement. Fils de petites gens, élevé dans le confort d'une aisance bourgeoise, je ne connaissais le souci que sous les masques ridicules de l'existence quotidienne: prenant la forme de la contrariété, portant la robe jaune de l'envie ou faisant sonner les mesquineries de l'argent; mais le trouble qu'il y avait dans ce visage provenait, je le sentis aussitôt, d'un élément plus sacré. Cet air sombre venait de sombres profondeurs; c'est de l'intérieur qu'une pointe cruelle avait ici dessiné ces plis et ces fissures dans ces joues amollies avant l'âge. Parfois, lorsque j'entrais dans son bureau (toujours avec la crainte d'un enfant qui s'approche d'une maison où habitent des démons) et qu'absorbé dans ses réflexions il ne m'entendait pas frapper, de sorte que je me trouvais soudain, honteux et troublé, devant cet homme perdu dans ses pensées, il me semblait qu'il n'y avait là que son masque corporel, — Wagner[1] habillé en Faust, — tandis que son esprit errait dans des ravins énigmatiques, au milieu de terribles nuits de Walpurgis[2]. Dans ces moments-là, ses sens étaient complètement émoussés ; il n'entendait ni l'approche d'un pas ni un timide salut. Lorsque, ensuite, se ressaisissant soudain, il se levait brusquement, ses paroles précipitées essayaient de dissimuler son embarras : il allait et venait, s'efforçant par des questions de détourner de lui mon regard intrigué, mais pendant longtemps encore son front restait sombre, et seule la conversation venant à s'animer pouvait dissiper les nuages amoncelés dans son âme.

Il sentait parfois probablement combien son aspect m'émouvait, il le sentait peut-être dans mes yeux, à mes mains inquiètes ; il pouvait deviner, par exemple, que sur mes lèvres flottait invisible une prière implorant sa confiance, ou bien il pouvait reconnaître dans mon attitude tâtonnante le désir fervent et secret de prendre sur moi et en moi sa douleur. Certainement il s'en

1. *Wagner* : c'est l'assistant, le « famulus » du docteur Faust. Zweig s'amuse ici, car dans la pièce de Goethe, c'est Méphisto qui se déguise en Faust pour conseiller, selon sa mode, l'étudiant nouvelet.
2. *Nuit de Walpurgis* : celle du 30 avril au 1er mai, où les sorcières se donnent rendez-vous sur le Blocksberg (ou Brocken), dans le massif du Harz. Elle est évoquée dans les deux parties du *Faust*.

apercevait, car à l'improviste il interrompait la conversation animée et me regardait avec émotion ; même son regard, d'une chaleur singulière, obscurci par sa propre plénitude, m'enveloppait tout entier. Alors, souvent il prenait ma main et la tenait pendant longtemps avec agitation ; et toujours j'attendais : maintenant, maintenant, maintenant il va me parler. Mais à la place c'était la plupart du temps un geste brusque, parfois même une parole froide, dégrisante et ironique à dessein. Lui qui était l'enthousiasme personnifié, qui l'avait éveillé et entretenu en moi, l'écartait soudain, comme une faute qu'on efface dans un devoir mal écrit ; et plus il me voyait l'âme ouverte, aspirant à sa confiance, plus il prononçait avec âpreté des paroles glaciales, comme : « Vous ne comprenez pas cela ! » ou bien : « Laissez donc ces exagérations-là », paroles qui me surexcitaient et me portaient au désespoir. Combien j'ai souffert à cause de cet homme survolté, qui lançait des éclairs, passant brusquement du chaud au froid, qui inconsciemment m'enflammait pour me glacer aussitôt, et qui par sa fougue exaltait la mienne, pour brandir ensuite soudain le fouet d'une remarque ironique ! — Oui, j'avais le sentiment cruel que plus je m'approchais de lui, plus il me repoussait avec dureté et même avec inquiétude. Rien ne devait, rien ne pouvait le pénétrer, pénétrer son secret.

Car un secret, j'en avais de plus en plus vivement conscience, un étrange et inquiétant secret logeait au plus profond de cet être fascinant. À la manière singulière dont son regard se dérobait, reculant craintivement après s'être avancé avec ardeur, quand on s'abandonnait à lui avec gratitude, je pressentais quelque chose de caché ; je le devinais aux plis amers des lèvres de sa femme, à la réserve froide et singulière des gens de la ville qui vous regardaient presque avec indignation quand on disait du bien de lui — à cent choses bizarres, à cent troubles soudains. Et quel tourment c'était de se croire déjà entré dans l'intimité d'une telle vie et cependant d'y tourner en rond, confusément, ignorant du chemin qui conduisait à sa racine et à son cœur !

Mais le plus inexplicable, le plus irritant pour moi, c'étaient ses escapades. Un jour, quand j'arrivai à la Faculté, il y avait un écriteau disant que le cours était interrompu pendant deux jours. Les étudiants ne semblaient pas étonnés ; mais moi, qui la veille encore m'étais trouvé auprès de lui, je courus à sa demeure, poussé par la crainte qu'il ne fût malade. Sa femme ne fit que sourire sèchement devant l'émotion que trahissait mon apparition précipitée. « Cela arrive assez souvent », dit-elle avec une froideur étrange, « simplement, vous n'y êtes pas habitué. » Et de fait, j'appris par mes camarades qu'assez souvent il disparaissait ainsi pendant la nuit, parfois ne s'excusant que par une dépêche : un étudiant l'avait rencontré à quatre heures du matin dans une rue de Berlin, un autre dans un café d'une ville éloignée. Il partait soudain, comme un bouchon saute d'une bouteille, et revenait ensuite sans que personne ne sût où il était allé. Cette disparition brusque m'affecta autant qu'une maladie : pendant ces deux jours je ne fis qu'errer çà et là, l'esprit absent, inquiet et distrait. Soudain l'étude, hors de sa présence accoutumée, était devenue pour moi vide et sans objet ; je me

consumais en hypothèses confuses, non dépour-
vues de jalousie; et même un peu de haine et de
colère surgit en moi à cause de sa dissimulation,
qui me laissait comme un mendiant sous le froid
glacial, en dehors de sa véritable vie, moi qui
brûlais d'y participer. En vain je me disais que,
n'étant qu'un adolescent, un étudiant, je n'avais
aucun droit de lui demander des comptes et des
explications, car sa bonté m'accordait cent fois
plus de confiance qu'un professeur de Faculté n'y
est tenu par sa fonction. Mais la raison n'avait
aucun pouvoir sur ma passion ardente : dix fois
par jour, je vins sottement demander s'il n'était
pas rentré, jusqu'au moment où je sentis déjà
chez sa femme de l'irritation, à la façon dont ses
réponses négatives devenaient toujours plus
brusques. Je restais éveillé la moitié de la nuit,
guettant le bruit de son pas lorsqu'il rentrerait ; le
lendemain matin je rôdais avec inquiétude
autour de la porte, n'osant plus maintenant poser
de questions. Et quand finalement le troisième
jour il entra à l'improviste dans ma chambre, la
respiration me manqua : mon effroi fut sans
doute extraordinaire, comme je le compris du
moins à son expression de surprise embarrassée,
qu'il tenta de dissimuler en me posant précipitamment quelques questions indifférentes. En
même temps son regard m'évitait. Pour la première fois notre entretien alla de travers, les mots
trébuchaient les uns contre les autres et, tandis
que tous deux nous faisions effort pour écarter
toute allusion à son absence, c'est précisément ce
que nous ne disions pas qui barrait la route à
toute conversation suivie. Lorsqu'il me quitta, la
brûlante curiosité flambait en moi comme une

torche : peu à peu elle dévora mon sommeil et mes veilles.

Cette lutte pour en apprendre et en connaître davantage dura des semaines : avec entêtement je poursuivais mon forage vers le noyau de feu que je croyais sentir, comme un volcan, sous le rocher de son silence. Enfin, au cours d'une heure fortunée, je parvins à mettre pour la première fois le pied dans son monde intérieur. Une fois de plus, j'étais resté assis dans son bureau jusqu'au crépuscule ; alors il sortit quelques sonnets de Shakespeare d'un tiroir fermé ; il lut d'abord dans sa propre traduction ces brèves esquisses qui semblaient coulées dans du bronze, puis il éclaira si magiquement cette écriture chiffrée, en apparence impénétrable, qu'au milieu de mon ravissement, le regret me vint que tout le trésor répandu par la parole fugitive de cet homme débordant se perdît pour tout le monde. Voici que le courage me prit subitement (qui sait d'où il me vint ?) de lui demander pourquoi il n'avait pas achevé son grand ouvrage sur l'Histoire du Théâtre du Globe ; mais à peine avais-je osé cette parole, que je constatai avec effroi que je venais sans le vouloir de toucher maladroitement à une plaie secrète et visiblement douloureuse. Il se leva, se détourna et resta longtemps silencieux. Le bureau paraissait s'être soudain rempli à l'extrême de crépuscule et de silence. Enfin il s'approcha de moi, me regarda longuement et ses lèvres tremblèrent plusieurs fois avant de s'entrouvrir légèrement ; puis sortit le douloureux aveu: «Je ne puis pas mener de grands travaux. C'est fini: seule la jeunesse forme des projets aussi hardis. Maintenant je n'ai plus de ténacité. Je suis (pourquoi le cacher?) devenu un homme au souffle court; je ne peux pas persévérer longtemps. Autrefois, j'avais plus de force; maintenant elle n'existe plus. Je ne puis que parler: là je suis parfois inspiré, quelque chose m'élève au-dessus de moi-même; mais travailler, assis, dans le silence, toujours seul, toujours seul, je ne le peux plus.»

Son attitude résignée me bouleversa et, dans un élan de spontanéité profonde, je le suppliai de songer à retenir enfin d'un poing solide ce que quotidiennement il répandait sur nous d'une main négligente, et de ne pas se contenter de donner, mais de conserver sous forme d'ouvrages ses propres richesses. «Je ne puis pas écrire, répéta-t-il d'un ton las, je ne suis pas assez concentré. — Eh bien, dictez!» Et emporté par cette pensée, j'insistai, en le suppliant presque: «Vous n'avez qu'à me dicter. Essayez donc. Commencez un peu... ensuite, de vous-même, vous ne pourrez plus vous arrêter. Essayez la dictée, je vous en prie, pour l'amour de moi.»

Il leva les yeux, d'abord étonné et puis pensif. On eût dit que cette idée l'intéressait. «Pour l'amour de vous?» répéta-t-il. «Croyez-vous réellement que quelqu'un puisse encore se réjouir de voir le vieil homme que je suis entreprendre quelque chose?» Je sentais déjà, à son hésitation, qu'il commençait à céder; je le sentais à son regard fermé qui, l'instant d'avant chargé encore de nuages, maintenant allégé par une chaude espérance, se déployait peu à peu et trouvait en elle de quoi s'éclairer. «Le croyez-vous réelle-

ment?» répéta-t-il. Je sentais que sa volonté se
préparait à accueillir intérieurement cette
suggestion, et tout à coup il s'écria: «Eh bien!
essayons. La jeunesse a toujours raison; qui
l'écoute est sage.» L'explosion sauvage de ma
joie, mon cri de triomphe parut le revigorer; il
allait et venait à grands pas, presque avec
l'animation d'un jeune homme, et nous
convînmes que tous les soirs, à neuf heures,
immédiatement après le dîner, nous essaierions
de travailler, d'abord une heure chaque fois. Et le
soir suivant nous commençâmes la dictée.

Ah! ces moments, comment les décrirai-je! Je
les attendais toute la journée. Dès l'après-midi
une agitation fiévreuse et énervante électrisait
mes sens impatients; à peine pouvais-je supporter les heures jusqu'à la venue du soir. Nous
allions alors, aussitôt le repas achevé, dans son
cabinet de travail; je m'asseyais à la table, lui
tournant le dos, tandis qu'il marchait dans la
pièce d'un pas agité, jusqu'au moment où le
rythme s'était pour ainsi dire rassemblé en lui et
où l'élévation de sa voix donnait le départ. Car
cet homme singulier tirait toutes ses pensées de
la musicalité du sentiment: il avait toujours
besoin de prendre son élan pour mettre ses idées
en mouvement. Le plus souvent c'était une
image, une métaphore hardie, une situation
concrète dont il tirait une scène dramatique qu'il
brossait à grands traits, emporté malgré lui par
l'émotion. Souvent quelque chose d'apparenté
aux fulgurations grandioses de la nature créatrice surgissait alors, au milieu des éclairs précipités de ces improvisations: je me souviens de
lignes qui ressemblaient aux strophes d'un
poème ïambique, et d'autres qui se répandaient

comme une cataracte, en des dénombrements puissants et abondants, comme le catalogue des vaisseaux chez Homère et comme les hymnes barbares de Walt Whitman[1]. Pour la première fois il était donné à ma jeunesse encore inexpérimentée de pénétrer dans le mystère de la création : je voyais la pensée, encore incolore, n'étant qu'une pure chaleur fluide, comme le bronze fondu pour une cloche, naître du creuset de l'excitation impulsive, puis en se refroidissant, peu à peu trouver sa forme ; je voyais ensuite cette forme s'arrondir et se réaliser dans toute sa vigueur, jusqu'à ce qu'enfin le Verbe en sortît clairement et donnât au sentiment poétique, comme le battant qui fait résonner la cloche, le langage des hommes. Et, de même que chaque partie émanait d'un rythme et chaque description d'un tableau à caractère théâtral, l'ouvrage dans toute son ampleur sortait, d'une façon absolument antiphilologique, d'un hymne, d'un hymne à la mer, comme à la seule forme de l'infini, visible et sensible en ce monde, roulant ses vagues d'horizon en horizon, regardant vers les cieux et cachant des abîmes, jouant entre-temps d'une manière à la fois pleine de sens et insensée avec la destinée terrestre, avec les frêles esquifs des hommes : de ce tableau de la mer naissait, en un parallèle grandiose, une description du tragique comme étant la force élémentaire, rugissante et destructrice qui agite notre sang. Puis cette vague créatrice roulait vers un pays : l'Angleterre

1. *Walt Whitman* (1819-1892) : poète américain, très admiré de Zweig (mais aussi de Valery Larbaud ou de Garcia Lorca), dont la prose poétique célèbre la vie libre, la nature et la démocratie (*Leaves on Grass*, 1855-1892).

surgissait, cette île éternellement battue par cet élément mouvant et qui borde tous les rivages de la terre, toutes les latitudes et toutes les zones du globe terrestre. Là-bas en Angleterre, il donne forme à l'État : le regard droit et clair de la mer pénètre jusqu'au fond de l'œil, gris et bleu, comme de verre : jusque dans l'œil, chaque individu est à la fois un homme de la mer et une île, comme son pays, et de fortes passions orageuses bouillonnent voluptueusement dans cette race qui a éprouvé inlassablement ses forces au cours des siècles où les Vikings naviguaient à l'aventure. Maintenant la paix met ses brouillards au-dessus du pays battu des flots ; mais ses habitants, familiers des tempêtes, continuent à choisir la mer, le rude assaut des événements avec leurs dangers quotidiens, et ils se créent ainsi de nouvelles émotions stimulantes, dans des jeux sanglants. D'abord les tréteaux sont installés pour des chasses aux bêtes sauvages et pour des combats singuliers. Le sang des ours coule, les combats de coqs excitent bestialement la volupté de l'horreur ; mais bientôt un sens plus raffiné cherche une émotion plus pure dans l'affrontement héroïque des hommes. Et c'est alors qu'à partir des représentations pieuses, des Mystères joués dans les églises, sort cet autre grand jeu des passions humaines, répétition de toutes ces aventures, autres traversées orageuses, mais maintenant dans les mers intérieures du cœur : nouvel infini, nouvel océan avec les marées de la passion et les mouvements houleux de l'esprit, où naviguer avec émotion, être ballotté et secoué dangereusement constitue un nouveau plaisir pour cette race anglo-saxonne, tardive mais toujours forte. C'est ainsi que naît le drame de la nation anglaise, le drame des Élisabéthains.

Et, tandis que mon maître se lançait avec fougue dans la description de ces débuts barbares et primitifs, sa parole créatrice résonnait puissamment. Sa voix, qui d'abord se pressait comme un murmure, tendant des muscles et des ligaments sonores, devenait un avion au métal brillant, qui se propulsait toujours plus libre et toujours plus haut : le bureau, les murs resserrés, dont l'écho lui répondait, devenaient trop étroits pour elle, tant il lui fallait d'espace ; je sentais la tempête souffler au-dessus de moi ; la lèvre mugissante de la mer criait puissamment ses mots retentissants : penché sur la table, il me semblait être de nouveau dans mon pays, au bord de la dune et voir venir vers moi, en haletant, ce grand frémissement fait de mille flots et de mille tourbillons de vent. Pour la première fois ce frisson douloureux qui entoure la naissance d'un homme, comme celle d'un mot, agita brusquement mon âme étonnée, effrayée, et déjà ravie.

Lorsqu'il achevait cette dictée, où une puissante inspiration arrachait magnifiquement la parole à la méthode scientifique pour transformer la pensée en poème, j'étais comme chancelant. Une ardente lassitude pesait lourdement et fortement sur moi, une fatigue bien différente de la sienne qui était un épuisement, toutes ses forces étant déjà à bout, tandis que moi, qui étais submergé par ce jaillissement, je tremblais encore sous l'effusion de cette plénitude. Mais tous deux, nous avions alors besoin chaque fois d'une conversation qui fût une détente, pour trouver le chemin du repos et du sommeil : d'ordinaire, je relisais encore ce que j'avais sténographié, et chose étrange, à peine les signes se transformaient-ils en paroles que c'était une autre voix que la mienne qui parlait, respirait et s'élevait, comme si quelqu'un eût changé le langage dans ma bouche. Et ensuite je m'en rendais compte : en relisant, je scandais et imitais son intonation avec tant de fidélité et tant de ressemblance qu'on eût dit que c'était lui qui parlait en moi, et non pas moi-même. Tellement j'étais déjà devenu la résonance de son être. L'écho de sa parole. Il y a quarante ans de tout cela : et cependant, encore aujourd'hui, au milieu d'un exposé, lorsque je suis emporté par l'élan de la parole, je sens soudain avec embarras que ce n'est pas moi qui parle, mais quelqu'un d'autre, comme si quelqu'un d'autre s'exprimait par ma bouche. Je reconnais alors la voix d'un cher défunt, d'un défunt qui ne respire plus que par mes lèvres : toujours, quand l'enthousiasme me donne des ailes, je suis *lui*. Et, je le sais, ce sont ces heures-là qui m'ont fait.

L'ouvrage grandissait ; il grandissait autour de moi comme une forêt dont l'ombre me dérobait peu à peu toute la vue du monde extérieur ; je ne vivais qu'à l'intérieur, dans l'obscurité de la maison, sous les rameaux bruissants et toujours plus sonores de l'œuvre qui s'élargissait, dans la présence enveloppante et réchauffante de cet homme.

En dehors des quelques heures de cours à l'Université, c'est à lui qu'appartenait toute ma journée. D'ailleurs, je mangeais à leur table ; nuit et jour, des messages montaient et descendaient l'escalier entre leur appartement et le mien, et réciproquement : j'avais la clé de leur porte et lui avait la mienne, de sorte qu'il pouvait me trouver à toute heure sans avoir besoin d'appeler ma vieille hôtesse à demi sourde. Mais plus mes relations avec lui devenaient étroites, plus je m'isolais du monde extérieur : en même temps que la chaleur de cette sphère intérieure, je partageais l'isolement glacial de son existence, totalement en marge. Mes camarades me manifestaient, tous sans exception, une certaine froideur, un certain mépris. Était-ce une conjuration secrète ou pure jalousie, à cause de ma situation manifestement privilégiée ? En tout cas, ils m'excluaient de leurs conversations, et dans les discussions du séminaire, on évitait, comme par une entente, de m'adresser la parole et de me saluer. Même les professeurs ne me cachaient pas leur antipathie ; un jour que je demandais un renseignement insignifiant au professeur de langues romanes, il m'envoya promener ironiquement en disant : « En votre qualité d'intime de M. le professeur X..., vous devriez pourtant savoir cela. » Vainement, je cherchais à m'expliquer cet ostracisme si injustifié. Mais les paroles et les regards me refusaient toute explication. Depuis que je vivais complètement avec les deux solitaires, j'étais moi-même tout à fait isolé.

Je ne me serais pas autrement inquiété de cette exclusion de la société, puisque mon attention était tout entière tournée vers les choses de l'esprit ; mais peu à peu mes nerfs ne résistèrent plus à cette pression continuelle. On ne vit pas impunément pendant des semaines dans une outrance incessante de l'intellect ; de plus, j'avais trop brusquement changé de manière de vivre; j'étais passé trop farouchement d'un extrême à l'autre pour ne pas mettre en péril cet équilibre secret que la nature a établi en nous. En effet, tandis qu'à Berlin la légèreté de ma conduite détendait mes muscles d'une manière bienfaisante et que mes aventures féminines dissolvaient comme un jeu tout ce qui s'était accumulé d'inquiétude en moi, ici une atmosphère orageuse et pesante oppressait sans relâche mes sens excités, de telle sorte qu'ils s'agitaient en moi, avec des vibrations incessantes, et des tressautements électriques; je désapprenais le sommeil sain et profond, bien que — ou plutôt parce que je transcrivais toujours pour mon propre plaisir, jusqu'à une heure très avancée de la nuit, la dictée de la soirée (avec une impatience fébrile, mettant mon point d'honneur à rapporter au plus tôt les feuillets à mon cher maître). Ensuite la Faculté, et la lecture hâtive des textes qui exigeait de moi un surcroît de zèle; et, ce qui n'allait pas sans m'exciter beaucoup, c'était aussi la nature de notre conversation avec mon maître, parce que chacun de mes nerfs s'y tendait fermement pour n'avoir jamais l'air devant lui d'être indifférent à ses paroles. Le corps ainsi offensé ne tarda pas longtemps à vouloir sa revanche de ces excès. Plusieurs fois je fus pris de brefs évanouissements, signaux de la nature en danger que, dans ma folie, je négligeais; mais les lassitudes léthargiques se multipliaient, chaque expression de mes sentiments atteignait un degré de véhémence extrême, et mes nerfs exacerbés fouillaient toutes les fibres de mon corps, m'empêchant de dormir et faisant surgir en moi de confuses pensées jusqu'alors contenues.

La première personne qui remarqua que ma santé était nettement en péril fut la femme de mon maître. Souvent déjà j'avais senti que son regard inquiet m'examinait attentivement ; à dessein elle répandait dans nos entretiens des remarques et des exhortations toujours plus fréquentes, me disant, par exemple, qu'il ne me fallait pas vouloir conquérir le monde en un semestre. Elle finit par me parler sans détours : «En voilà assez, fit-elle avec détermination, un dimanche que par un soleil magnifique je "bûchais" la grammaire. Et elle m'arracha le livre des mains. — Comment un jeune homme plein de vie peut-il être à ce point l'esclave de l'ambition ! Ne prenez pas toujours modèle sur mon mari : il est âgé ; vous, vous êtes jeune ; il faut que vous viviez autrement.» Chaque fois qu'elle parlait de son mari, glissait dans ses paroles cette pointe de mépris contre laquelle moi, son fidèle disciple, je me sentais indigné. Intentionnellement, je le devinais, peut-être même par une sorte de jalousie erronée, elle cherchait toujours à m'écarter davantage de lui et par son opposition ironique à contrecarrer mes excès d'attachement ; si, le soir, nous restions trop longtemps à la dictée, elle frappait énergiquement à la porte et, indifférente aux protestations irritées de son mari, elle nous obligeait à cesser le travail. «Il vous démolira les nerfs, il vous détruira complètement, me dit-elle amère, une fois qu'elle me trouva tout à fait abattu. Que n'a-t-il pas fait déjà de vous dans ces quelques semaines ? Je ne peux pas supporter plus longtemps la façon dont vous vous faites du mal à vous-même. Et, en outre...» elle s'arrêta sans finir la phrase. Mais sa lèvre était pâle et tremblait de colère contenue.

Et réellement, mon maître ne me rendait pas la vie facile. Plus je le servais avec passion, plus il paraissait indifférent à mon culte empressé. Il était rare qu'il me remerciât; quand je lui apportais au matin, le travail qui m'avait demandé une partie de la nuit, il se contentait de me dire sèchement: « Vous auriez pu attendre jusqu'à demain. » Si dans mon zèle ambitieux je prenais une initiative pour lui plaire, soudain, au milieu de la conversation, il pinçait les lèvres et un mot ironique me repoussait. Il est vrai qu'ensuite, en me voyant m'écarter humilié et troublé, son regard chaud et enveloppant se posait de nouveau sur moi, pour calmer mon désespoir, mais combien cela était rare, oui combien rare! Ce chaud et froid, cette alternance d'affabilité cordiale et de rebuffades déplaisantes troublait complètement mes sentiments trop vifs, qui désiraient... Non, jamais je n'aurais pu formuler nettement ce qu'à vrai dire je désirais, ce à quoi j'aspirais, ce que je réclamais, ce à quoi visaient mes efforts, quelle marque d'intérêt j'espérais obtenir par mon enthousiaste dévouement. Car, lorsqu'une passion amoureuse, même très pure, est tournée vers une femme, elle aspire malgré tout inconsciemment à un accomplissement charnel: dans la possession physique, la nature inventive lui présente une forme d'union accomplie; mais une passion de l'esprit, surgissant entre deux hommes, à quelle réalisation va-t-elle prétendre, elle qui est irréalisable? Sans répit elle tourne autour de la personne adorée, flambant toujours d'une nouvelle extase et jamais calmée par un don suprême. Son flux est incessant, et pourtant jamais elle ne peut se donner libre cours, éternellement insatisfaite, comme l'est toujours l'esprit. Ainsi son voisinage n'était jamais, pour moi, assez proche ; sa présence ne se manifestait et ne se réalisait jamais complètement dans nos longs entretiens ; même quand il abolissait les distances et se confiait, je savais que l'instant suivant pouvait détruire d'un geste brutal cet accord profond. À chaque fois cette instabilité troublait mes sentiments et je n'exagère pas en disant que dans ma surexcitation j'étais souvent sur le point de commettre une folie, simplement parce qu'il avait repoussé avec indifférence, d'une main nonchalante, un livre sur lequel j'avais appelé son attention, ou parce que soudain, lorsque le soir, nous étions plongés dans un profond entretien et que je suivais en haletant le jaillissement de ses pensées (juste après avoir tendrement appuyé sa main sur mes épaules) il se levait tout à coup et disait avec brusquerie : « Mais maintenant, partez ! Il est tard. Bonne nuit. » De telles vétilles suffisaient pour me bouleverser pendant des heures, pendant des jours et des jours. Peut-être que ma sensibilité surexcitée et continuellement sur le qui-vive apercevait une offense là où ne s'en trouvait aucune intention ; mais peut-on après coup s'apaiser soi-même, lorsqu'on éprouve des sentiments aussi perturbés ? Et la même chose se renouvelait chaque jour : près de lui je brûlais de souffrance et loin de lui, mon cœur se glaçait ; sans cesse, j'étais déçu par sa dissimulation sans qu'aucun signe vînt me rassurer, et le moindre hasard jetait en moi la confusion !

Bizarrement, chaque fois que je me sentais blessé par lui, je me réfugiais auprès de sa femme. C'était peut-être là le désir inconscient de trouver un être qui souffrait aussi de cette mise à l'écart muette, ou peut-être le simple besoin de parler à quelqu'un et de trouver, sinon une assistance, du moins de la compréhension ; en tout cas je me réfugiais vers elle, comme auprès d'un allié secret. D'habitude elle raillait ma susceptibilité, ou bien en haussant froidement les épaules elle déclarait que je devais être déjà accoutumé à ces singularités douloureuses. Mais parfois elle me regardait avec une étrange gravité, avec des yeux pleins de surprise, lorsque mon désespoir soudain déversait brusquement devant elle tout un déluge de reproches exaspérés, de sanglots convulsifs et de paroles balbutiées, mais elle ne disait pas une parole ; seules ses lèvres avaient tout un jeu de crispations contenues, et je sentais qu'il lui fallait le plus grand effort pour ne pas laisser échapper un mot de colère et d'indiscrétion. Elle aussi, ce n'était pas douteux, avait quelque chose à me dire ; elle aussi cachait un secret, peut-être le même que lui ; mais tandis que lui me repoussait avec brusquerie, dès que je me faisais trop pressant, elle, le plus souvent, par une plaisanterie ou par une espièglerie inopinée, barrait la voie à de plus amples explications.

Une seule fois, je fus sur le point de l'obliger à parler. Le matin, en apportant son texte à mon maître, je n'avais pu m'empêcher de lui raconter avec enthousiasme combien précisément ce passage (c'était le portrait de Marlowe) m'avait ému. Et, tout brûlant encore de mon exaltation, j'ajoutai avec admiration que personne ne serait capable de tracer un portrait aussi magistral. Alors il pinça sa lèvre en se détournant brusquement; il jeta la feuille sur la table et murmura avec dédain: «Ne dites pas de telles bêtises! Que pouvez-vous entendre par magistral?» Cette parole brutale (qui n'était sans doute qu'un masque vivement mis pour dissimuler une pudeur impatiente) suffit pour me gâter ma journée. L'après-midi, me trouvant pendant une heure seul avec sa femme, j'éclatai tout à coup en une sorte d'explosion hystérique et, lui prenant les mains, je m'écriai: «Dites-moi, pourquoi me hait-il tant? Pourquoi me méprise-t-il ainsi? Que lui ai-je fait? Pourquoi chacune de mes paroles l'irrite-t-elle à ce point? Que dois-je faire? Aidez-moi. Pourquoi ne peut-il pas me souffrir? Dites-le-moi, je vous en supplie!»

Alors, un œil perçant, étonné de cette explosion sauvage, me regarda. «Ne pas vous souffrir?» Et en même temps un rire fit claquer ses dents, un rire qui jaillit comme une pointe si méchante et si acérée que, malgré moi, je reculai. «Ne pas vous souffrir?» répéta-t-elle encore une fois, tout en regardant avec colère mes yeux hagards. Mais ensuite elle se pencha vers moi, ses regards devinrent peu à peu tendres, toujours plus tendres, ils exprimèrent presque de la compassion — et soudain elle me caressa (pour la première fois) les cheveux: «Vous êtes véritablement un enfant, un nigaud d'enfant qui ne remarque rien, ne voit rien et ne sait rien. Mais il vaut mieux qu'il en soit ainsi, sinon vous seriez encore plus inquiet.»

Et elle se détourna de moi brusquement. C'est en vain que je cherchais à me tranquilliser: comme cousu dans le sac noir d'un cauchemar infrangible, je luttais de toutes mes forces pour trouver une explication et pour sortir de la

confusion mystérieuse de ces sentiments contra-
dictoires.

Quatre mois s'étaient passés de la sorte, en
semaines d'exaltation et de transformation des
plus inouïes. Le semestre courait vers sa fin. Je
voyais avec terreur s'approcher les vacances, car
j'aimais mon purgatoire, et l'atmosphère anti-
intellectuelle et terne de la vie de famille dans
mon pays me menaçait comme un exil et une
spoliation. Déjà je ruminais des plans secrets
pour faire accroire à mes parents qu'un travail
important me retenait ici ; déjà je tressais adroitement un réseau de mensonges et d'échappatoires
pour prolonger la durée de cette présence dévora-
trice. Mais le temps et l'heure de mon départ
étaient depuis longtemps fixés par le destin. Et
cette heure était suspendue au-dessus de moi
invisible, comme le coup de midi est suspendu
dans le bronze des cloches, pour retentir ensuite à
l'improviste et rappeler gravement le temps du
travail ou de la séparation aux insouciants.
Comme ce soir fatal commença bien, avec
quelle perfide beauté! J'avais dîné avec eux
deux ; les fenêtres étaient ouvertes, et dans leur
cadre obscurci le ciel crépusculaire entrait peu à
peu, lentement, avec ses nuées blanches : quelque
chose de doux et de clair émanait de leurs reflets
flottant majestueusement, et se prolongeait au
loin ; on en ressentait une impression forte et
profonde. Nous avions causé, sa femme et moi,
avec plus de désinvolture, de calme et d'animation qu'à l'ordinaire. Mon maître se taisait,

tandis que nous parlions; mais son silence s'étendait comme une aile repliée au-dessus de notre entretien. Je le regardais de côté, à la dérobée: il y avait ce jour-là dans son être une singulière clarté, un peu d'agitation aussi, mais sans rien de nerveux — tout comme dans ces nuées de l'été. Parfois il levait son verre de vin et le tenait à contre-jour, prenant plaisir à sa couleur; et lorsque mon regard joyeux accompagnait ce geste, il souriait légèrement et levait son verre de mon côté comme pour un toast. Rarement j'avais vu son visage aussi clair, ses mouvements aussi tranquilles et harmonieux: il était assis là, presque dans la joie d'une fête, comme s'il eût entendu dans la rue une musique ou qu'il eût prêté l'oreille à un entretien invisible. Ses lèvres, où passaient d'ordinaire sans cesse d'imperceptibles ondes, étaient immobiles et molles comme un fruit pelé, et son front, qu'il tournait maintenant avec lenteur du côté de la fenêtre, baignait dans les reflets de cette douce clarté et me semblait plus beau que jamais. C'était merveille de le voir ainsi satisfait: était-ce l'influence de ce soir d'été serein, l'action bienfaisante de la douceur de cette atmosphère aux tons dégradés, qui opérait en lui, ou bien une pensée consolatrice qui brillait dans son âme? Je l'ignorais. Mais, habitué à lire dans son visage comme dans un livre ouvert, j'étais sûr d'une chose: ce jour-là un dieu clément avait mis un baume sur les rides et les plis de son cœur.

Et c'est aussi avec une étrange solennité qu'il se leva et m'invita, de son mouvement de tête coutumier, à le suivre dans son bureau: lui, d'habitude si rapide, marchait avec une gravité singulière. Puis il se retourna encore une fois, alla chercher (contrairement aussi à son habitude) une bouteille de vin cacheté dans l'armoire et l'emporta d'un air cérémonieux, avec précaution. Tout comme moi, sa femme paraissait remarquer dans ses manières quelque chose de bizarre; avec étonnement elle levait les yeux de son ouvrage de couture et, comme maintenant nous nous rendions au travail, elle observait avec une curiosité muette son attitude insolite et compassée.

Le bureau, comme toujours complètement plongé dans l'ombre, nous attendait avec son intimité crépusculaire; seule la lampe arrondissait un cercle d'or autour du paquet blanc du papier à écrire. Je m'assis à ma place habituelle et je relus les dernières phrases du manuscrit; comme d'un diapason, il avait toujours besoin, pour retrouver le fil de son discours, de s'appuyer sur le rythme. Mais tandis que d'habitude il continuait immédiatement après la dernière phrase, cette fois-ci il resta muet. Le silence se déploya largement dans la pièce; déjà les murs nous le renvoyaient pesant et tendu. Mon maître paraissait n'être pas encore tout à fait concentré, car je l'entendais derrière moi, qui allait et venait nerveusement. « Lisez encore une fois ! » — bizarre, comme sa voix s'était mise brusquement à vibrer, très agitée. Je répétai les derniers paragraphes : alors sa parole enchaîna d'un seul coup, après moi, et il dicta d'une manière saccadée, plus rapide et plus serrée que d'habitude. En cinq phrases, la scène fut bâtie; ce que jusqu'alors il avait exposé, avaient été les conditions de culture préalables à l'avènement du drame, comme une fresque de l'époque et un tableau historique; maintenant, brusquement, il se tourna vers le théâtre lui-même, qui, après le vagabondage et le «chariot errant» devient enfin sédentaire et se construit un foyer, pourvu de droits et de privilèges écrits; d'abord le «Théâtre de la Rose» et la «Fortune», grossières baraques de planches pour des jeux eux-mêmes grossiers. Mais ensuite les artisans charpentent un nouveau vêtement de planches, à la mesure de l'envergure croissante de la poésie qui se développe à vue d'œil: aux bords de la Tamise, sur les pilotis d'un sol vaseux, humide et sans valeur, se dresse le rude édifice de bois avec sa grossière tour hexagonale, le «Théâtre du Globe», sur la scène duquel paraît Shakespeare, le maître. Comme un étrange vaisseau rejeté par la mer, avec son étendard rouge de pirate flottant au grand mât il se dresse là, solidement ancré dans le fond bourbeux. Au parterre s'agite avec bruit, comme dans un port, le bas peuple; du haut des galeries sourit et bavarde le beau monde frivole, au-dessus des acteurs. Impatients, ils demandent qu'on commence. Ils battent des pieds et font du tapage, frappent bruyamment du pommeau de l'épée contre les planches jusqu'à ce qu'enfin, pour la première fois, la scène en bas s'éclaire à la lueur de quelques bougies qu'on y apporte et que des personnes vaguement costumées s'avancent pour jouer une comédie qui semble improvisée. Et alors... je me rappelle encore aujourd'hui ses paroles, «éclate soudain la tempête des phrases, cette mer infinie de la passion, qui depuis ces planches limitées envoie vers toutes les époques et toutes les zones du cœur humain ses flots sanglants, inépuisables, insondables, sereins et tragiques, variés à l'extrême et à l'image de toute l'humanité — le théâtre de l'Angleterre, le drame de Shakespeare».

Après ces paroles prononcées avec force, l'exposé s'arrêta brusquement. Un long et lourd silence suivit. Inquiet je me retournai : mon maître était debout, étreignant d'une main la table, dans cette attitude d'épuisement que je lui connaissais. Mais cette fois sa rigidité avait quelque chose d'effrayant. Je bondis, craignant qu'il ne lui fût arrivé quelque chose, et je lui demandai anxieusement si je devais m'arrêter. D'abord il ne fit que me regarder, hors d'haleine, l'air absent et figé. Mais ensuite l'étoile de son œil réapparut, claire et bleue et, les lèvres moins crispées, il s'approcha de moi. « Eh bien ! n'avez-vous rien remarqué ? »... Il me regardait avec insistance. « Quoi donc ? » balbutiai-je d'une voix incertaine. Alors il respira profondément et sourit un peu ; il y avait des mois que je n'avais pas senti en lui ce regard enveloppant, doux et tendre. « La première partie est achevée. » J'eus de la peine à réprimer un cri de joie, tellement la surprise mit en moi d'ardente émotion. Comment avais-je pu ne pas m'en apercevoir ? Oui, toute la structure était là, s'étageant magnifique depuis les profondeurs du passé jusqu'au seuil de l'accomplissement : maintenant ils pouvaient venir, les Marlowe, les Ben Jonson, les Shakespeare, et le franchir victorieusement. C'était, pour le livre, le premier anniversaire : je me précipitai, pour compter les feuillets. Cette première partie, la plus difficile, comprenait cent soixante-dix pages d'une écriture serrée ; ce qui allait venir ensuite était un travail plus libre de composition et de présentation, tandis que jusqu'alors il avait fallu suivre de près des documents historiques. Il n'y avait pas de doute, il achèverait son ouvrage, notre ouvrage!

Je ne sais pas si je me suis livré à de bruyants ébats, si j'ai dansé de joie, de fierté, de bonheur. Mais mon enthousiasme prit sans doute des formes tout à fait imprévues, car le regard de mon maître me suivait en souriant, tandis que je relisais vite les dernières paroles, ou que je comptais en hâte les feuillets, que je les prenais, les pesais et les palpais amoureusement et que déjà mon imagination essayait de calculer par avance l'époque à laquelle nous pourrions avoir achevé tout l'ouvrage. Sa fierté contenue, profondément cachée, se voyait reflétée dans ma joie; souriant, il me regardait avec attendrissement. Alors il vint à pas lents vers moi, tout près de moi, les deux mains tendues, et il saisit les miennes; immobile, il m'examinait. Peu à peu ses pupilles, qui d'habitude n'avaient de couleur que par intermittence, comme un feu à éclipses, se remplirent de ce bleu clair et plein d'âme que seules, entre tous les éléments, peuvent former la profondeur de l'eau et la profondeur du sentiment humain. Et ce bleu éclatant montait du fond des prunelles, s'avançait, pénétrait en moi; je sentais que l'onde ardente qui émanait d'elles traversait mon être moelleusement, s'y répandait largement et donnait à mon âme une joie vaste et étrange: toute ma poitrine était soudain dilatée par le jaillissement de cette puissance et je sentais s'épanouir en moi le grand midi de l'Italie. «Je sais, fit alors sa voix par-dessus cette splendeur, que sans vous je n'aurais point commencé ce travail: jamais je ne l'oublierai. Vous avez donné à ma lassitude l'élan salvateur, vous avez sauvé ce qui reste encore de ma vie perdue et dispersée, vous, vous seul! Personne n'a pour moi fait davantage, personne ne m'a aidé si fidèlement. Et c'est pourquoi je ne dis pas: c'est *vous* que je dois remercier, mais... c'est *toi* que je dois remercier. Bien! maintenant nous allons passer une heure ensemble comme deux frères. »

Il m'attira doucement vers la table et prit la bouteille préparée. Il y avait deux verres: comme témoignage de gratitude il m'avait réservé ce brinde symbolique. Je tremblais de joie, car rien ne trouble plus puissamment quelqu'un que la réalisation subite de son ardent désir. Sa gratitude avait trouvé le plus beau des signes pouvant exprimer de la manière la plus concrète la confiance, ce signe auquel j'aspirais inconsciemment: le tutoiement fraternel tendu par-dessus l'intervalle des années et dont le prix était septuplé par cette distance si difficile à franchir. Déjà tintait la bouteille, cette marraine encore muette qui devait apaiser désormais pour toujours mon sentiment inquiet, en me donnant la foi; déjà mon âme sonnait claire, elle aussi, comme ce tintement vibrant, mais voici qu'un petit obstacle retarda encore l'instant solennel: la bouteille était bouchée et nous n'avions pas de tire-bouchon. Mon maître fit le mouvement de se lever pour aller le chercher, mais, devinant son intention, je le prévins en me précipitant dans la salle à manger, brûlant dans l'attente de cette seconde qui devait enfin tranquilliser mon cœur et, de la façon la plus éclatante, attester son affection pour moi.

En franchissant ainsi très vite la porte et en sortant dans le couloir qui n'était pas éclairé, je heurtai dans l'obscurité quelque chose de doux, qui céda aussitôt: c'était la femme de mon maître, qui manifestement avait écouté à la porte. Mais, chose étrange, bien que le choc eût été brutal, elle ne poussa pas un cri, se bornant à reculer sans rien dire ; et moi aussi, incapable de faire un mouvement, je me tus, effrayé. Cela dura un moment ; tous deux nous étions muets, honteux l'un devant l'autre, elle surprise en flagrant délit d'espionnage, moi figé par la surprise de cette rencontre. Mais ensuite un pas léger se fit entendre dans l'ombre, une lumière s'alluma et je l'aperçus, pâle et avec un air de défi, le dos appuyé à l'armoire ; son regard me mesurait gravement et il y avait dans son attitude immobile quelque chose de sombre, comme un avertissement menaçant. Mais elle ne prononça pas une parole.

Mes mains tremblaient lorsque, après avoir longtemps et nerveusement tâtonné, presque à l'aveuglette, je trouvai le tire-bouchon ; par deux fois il me fallut passer devant elle, et chaque fois en levant les yeux je rencontrai ce regard fixe, qui brillait dur et sombre comme du bois poli. Rien en elle ne trahissait la honte d'avoir été prise sur le fait, en train d'écouter à la porte ; au contraire, dans son œil étincelant, hostile et résolu, il y avait à mon adresse une menace que je ne comprenais pas, et son air de défi montrait qu'elle était décidée à ne pas renoncer à cette attitude inconvenante, et qu'elle continuerait à monter la garde et à épier de la sorte. Et cette volonté supérieure me troublait ; malgré moi je me courbai sous ce regard énergique d'avertissement, rivé sur moi. Et lorsque, enfin, d'un pas incertain, je me glissai de nouveau dans la pièce où mon maître tenait déjà avec impatience la bouteille dans ses mains, la joie immense que j'éprouvais un instant plus tôt avait fait place à une anxiété étrange et glaciale.

Mais lui, avec quelle insouciance il m'attendait! Avec quelle sérénité son regard était dirigé sur moi! Toujours j'avais rêvé de pouvoir enfin une fois le voir ainsi, les nuages de la tristesse ayant déserté son front. Mais maintenant que pour la première fois la paix brillait sur ce front cordialement tourné vers moi, la parole me manquait; toute ma joie secrète s'en allait comme par des canaux secrets. Confus, honteux même, je l'écoutai me remercier encore, en me tutoyant désormais familièrement, et les verres en se choquant firent entendre un son argentin. Son bras m'entourant avec amitié, il me conduisit vers les fauteuils; nous nous assîmes l'un en face de l'autre, sa main était posée sans façon sur la mienne: pour la première fois, je le sentais tout à fait franc et spontané dans son être. Mais j'étais incapable de parler; malgré moi mon regard était toujours tendu du côté de la porte, plein de crainte qu'elle ne fût encore là à épier. Elle écoute, pensais-je sans cesse, elle écoute chaque parole qu'il me dit, chaque mot que je prononce. Pourquoi justement aujourd'hui, oui, pourquoi aujourd'hui? Et lorsque, m'enveloppant de ce chaud regard, il me dit soudain: «Je voudrais aujourd'hui te parler de moi, de ma propre jeunesse», je me dressai devant lui tellement effrayé, la main suppliante, en manière de refus, qu'il leva sur moi des yeux étonnés. «Pas aujourd'hui, balbutiai-je, pas aujourd'hui... excusez-moi.» La pensée qu'il pût se trahir devant un espion dont j'étais obligé de lui taire la présence était pour moi trop affreuse.

Mon maître me regarda d'une façon mal

assurée : « Qu'as-tu donc ? » demanda-t-il, un peu mécontent. « Je suis fatigué !... pardonnez-moi... c'est plus fort que moi... je crois — et, ce disant, je me levai, tout tremblant, — je crois qu'il vaut mieux que je m'en aille. » Malgré moi mon regard, passant devant lui, obliqua vers la porte où je supposais que, dissimulée par les panneaux, cette curiosité ennemie et jalouse devait toujours être aux aguets.

Alors, pesamment il se leva lui aussi du fauteuil. Une ombre vola sur son visage devenu soudain las. « Veux-tu vraiment t'en aller déjà ?... Ce soir, précisément ce soir ? » Il tenait ma main, lourde d'une tension invisible. Mais soudain il la laissa retomber brusquement, comme une pierre : « Dommage, s'écria-t-il d'un air de déception. Je m'étais tant réjoui de parler une fois librement avec toi. Dommage. » Pendant un moment, ce profond soupir se répandit à travers la chambre, comme un noir papillon. J'étais plein de honte, plein de perplexité et d'une crainte inexplicable ; je me retirai d'un pas mal assuré et je fermai doucement la porte derrière moi.

En tâtonnant et avec peine, je parvins dans ma chambre et je me jetai sur le lit ; mais je ne pus pas dormir. Jamais je n'avais senti aussi fortement que mon logement aux murs minces était suspendu au-dessus du leur et qu'il n'en était séparé que par une charpente sombre et mystérieuse. Et maintenant avec mes sens exacerbés, je sentais magiquement qu'ils veillaient tous deux au-dessous de moi ; je les voyais sans les voir ; j'entendais sans entendre, comment lui, à présent, au-dessous de moi dans sa chambre, allait et venait avec agitation, tandis qu'elle était assise muette en quelque autre endroit ou qu'elle rôdait aux aguets, comme un esprit. Mais je savais que ses deux yeux étaient ouverts et son attitude d'espionne me pénétrait d'horreur : en proie à un cauchemar, je sentis soudain toute la lourde et silencieuse maison peser sur moi avec ses ombres et sa noirceur.

Je rejetai ma couverture. Mes mains brûlaient. Qu'avais-je fait ? J'avais été tout près du secret, je sentais déjà contre ma figure sa chaude haleine, et maintenant il s'était de nouveau éloigné ; mais son ombre, son ombre muette, opaque, rôdait encore en grondant ; je la flairais dans la maison comme un danger, rampant comme une chatte sur ses pattes souples, toujours là, avançant et reculant, bondissante, toujours vous frôlant et vous troublant par le contact électrique de sa peau, chaude et pourtant semblable à un spectre. Et toujours je sentais dans la nuit le regard enveloppant de mon maître, doux comme sa main tendue, et aussi l'autre regard incisif, menaçant et effrayé, celui de sa femme. Qu'avais-je à faire dans leur secret ? Pourquoi tous deux me plaçaient-ils, les yeux bandés, au milieu de leur passion ? Pourquoi me mêlaient-ils à leur conflit insaisissable, et pourquoi chacun d'eux déposait-il dans mon cerveau son ardent faisceau de colère et de haine ?

Mon front était toujours brûlant. Je me levai et j'ouvris la fenêtre. Au dehors la ville était couchée, paisible sous le ciel d'été ; il y avait des fenêtres où brillait encore la lueur des lampes ; mais ceux qui étaient assis là étaient unis par une paisible conversation, ou bien un livre ou une musique familière leur réchauffait le cœur. Et là où derrière les blancs châssis des fenêtres, régnait déjà l'obscurité, à coup sûr respirait un sommeil calme. Au-dessus de tous ces toits tranquilles planait, comme la lune dans ses vapeurs d'argent, un doux repos, un silence fait de pureté et rempli de clémence, et les onze coups de l'horloge tombaient sans rudesse dans l'oreille rêveuse ou par hasard écouteuse de tout ce monde. Moi seul, ici dans cette maison, je sentais qu'on veillait encore autour de moi et que j'étais assiégé par des pensées étrangères et méchantes. Fiévreusement quelque chose s'efforçait en moi de comprendre ces bruits confus.

Soudain, je reculai effrayé. N'étaient-ce point des pas dans l'escalier ? Je me redressai pour mieux écouter. Et, effectivement, il y avait là quelqu'un qui montait en tâtonnant, comme un aveugle, les degrés de l'escalier, d'un pas prudent, hésitant et mal assuré : je connaissais ce gémissement et ce bruit sourd du bois sous les pieds ; ce pas-là ne pouvait se diriger que vers moi, uniquement vers moi, car personne n'habitait ici, sous le toit, sauf la vieille femme sourde qui dormait depuis longtemps et qui du reste ne recevait jamais personne. Était-ce mon maître ? Non, ce n'était pas son allure hâtive et saccadée ; ce pas-là hésitait et traînait lâchement (comme à l'instant même) sur chaque degré : un intrus, un criminel pouvait s'approcher ainsi, mais non un ami. J'écoutais avec une telle tension que mes oreilles bourdonnaient. Et brusquement, quelque chose de glacial monta le long de mes jambes nues.

Voici que la serrure grinça légèrement : il devait déjà être contre la porte, cet hôte inquiétant. Un mince courant d'air sur mes orteils m'indiqua que la porte extérieure était ouverte ; mais lui seul, mon maître, en avait la clef.

Cependant, si c'était lui, pourquoi tant d'hésitation, tant de bizarrerie? Était-il soucieux, voulait-il voir comment je me trouvais? Et pourquoi cet hôte inquiétant hésitait-il maintenant, dehors dans l'entrée, car ce pas furtif et rampant s'était soudain figé? Et moi-même j'étais également figé d'horreur. Il me semblait que j'allais crier, mais quelque chose de pâteux me collait au gosier. Je voulus ouvrir, mes pieds restèrent immobiles, comme cloués au sol. Seule une mince cloison était maintenant encore entre nous deux, entre cet hôte inquiétant et moi, mais ni moi ni lui, nous ne faisions un pas l'un vers l'autre.

Alors la cloche de l'horloge sonna: un seul coup, onze heures un quart. Mais cela mit fin à mon engourdissement. J'ouvris la porte.

Et de fait, mon maître était là, une bougie à la main. Le courant d'air provoqué par la porte s'ouvrant brusquement couronna la flamme d'une lueur bleue, et derrière lui son ombre tremblotante se détachant comme pétrifiée, gigantesque, de sa silhouette, chancelait comme un homme ivre, à droite et à gauche, sur le mur. Mais lui aussi, lorsqu'il me vit, fit un mouvement; il se replia sur lui-même, comme quelqu'un qui, surpris dans son sommeil par un souffle d'air inattendu, tire sur lui involontairement sa couverture en frissonnant. Puis il recula, tandis que la bougie vacillait dans sa main, en laissant tomber des gouttes.

Je tremblais, mortellement effrayé. Je ne pus que balbutier: «Qu'avez-vous?» Il me regarda sans parler; quelque chose, à lui aussi, lui ôtait la parole. Enfin il posa la bougie sur la commode, et aussitôt le jeu des ombres qui flottaient dans l'espace à la manière d'une chauve-souris s'apaisa. Enfin il balbutia : « Je voulais... je voulais... »

De nouveau la voix lui manqua. Il était là, debout, les yeux baissés, comme un voleur pris sur le fait. Cette angoisse, cette attitude, moi en chemise, tremblant de froid, et lui recroquevillé sur lui-même et rendu hagard par la honte, étaient insupportables.

Soudain la faible silhouette se secoua. Elle s'approcha de moi : un sourire, méchant et faunesque, un sourire qui luisait comme une menace, uniquement dans ses yeux, tandis que ses lèvres étaient étroitement pincées, un sourire se posa sur moi en ricanant, tel un masque étrange, et pendant un instant resta comme figé ; puis une voix, pointue comme la langue bifide d'un serpent, fit entendre : « Je voulais seulement vous dire... qu'il vaut mieux renoncer à nous tutoyer... ce... ce... ce serait incorrect entre un *poulain*[1] et son maître... comprenez-vous... il faut garder les distances... les distances... les distances... »

Et en même temps, il me regardait avec une telle haine, avec une méchanceté si offensante, pareille à un soufflet, que sa main se crispait malgré lui, comme des griffes. Je fis en chancelant un mouvement de recul. Était-il fou ? Était-il ivre ? Il était là, le poing serré, comme s'il voulait se jeter sur moi ou me frapper au visage.

Mais cette chose horrible ne dura qu'une seconde ; ce regard agressif rentra précipitam-

---

1. *Un poulain* : dans le texte de Zweig, on lit « mulus », abrégé de « famulus » (voir note 1, p. 56). Mais le latin comporte aussi un jeu de mots puisque « mulus », c'est la mule, mais aussi l'imbécile, l'âne.

ment sous ses paupières. Il se retourna, murmura quelque chose qui ressemblait à une excuse et saisit la bougie. Comme un diable noir et empressé, l'ombre, déjà repliée sur le sol se remit à bouger et précéda le professeur, en tourbillonnant vers la porte. Puis il s'en alla lui-même avant que j'eusse la force de trouver un seul mot. La porte se referma avec violence ; et l'escalier cria lourd et douloureux sous ses pas, qui paraissaient précipités.

Je n'oublierai pas cette nuit ; une colère froide alternait en moi sauvagement avec un désarroi brûlant et désespéré. Comme des fusées, mes pensées traversaient mon cerveau, fonçant pêle-mêle. Pourquoi me martyrise-t-il ? me demandai-je cent fois dans le tourment qui me dévorait. Pourquoi me hait-il tellement que la nuit, il monte exprès l'escalier, en cachette, uniquement pour me lancer au visage, avec tant d'animosité, une pareille offense ? Que lui avais-je fait ? Que fallait-il maintenant que je fisse ? Comment l'apaiser, puisque j'ignorais en quoi je l'avais blessé ? Je me jetai tout brûlant dans mon lit ; je me levai, je m'enfouis de nouveau sous la couverture ; mais toujours cette image fantomale se dressait devant moi : mon maître arrivant furtivement et troublé par ma présence, avec derrière lui, étrange et énigmatique, cette ombre monstrueuse qui vacillait sur le mur.

Le lendemain matin, lorsque, après un bref et faible assoupissement, je me réveillai, je me persuadai d'abord que j'avais rêvé. Mais sur la commode étaient collées encore, rondes et jaunes, les taches de stéarine qui avaient coulé de la bougie. Et au milieu de la chambre, inondée de lumière, mon affreux souvenir ne pouvait s'empêcher de me montrer sans cesse l'hôte de cette nuit, qui s'y était glissé comme un voleur.

Je ne sortis pas de la matinée. La crainte de le rencontrer paralysait toutes mes forces. J'essayai d'écrire, de lire, je n'arrivais à rien; mes nerfs étaient comme minés: à chaque instant ils menaçaient d'éclater en accès convulsif, en sanglots et en hurlements. Je voyais mes propres doigts trembler bizarrement, comme des feuilles dans un arbre. J'étais incapable de les maintenir en repos, et mes jarrets fléchissaient, comme si les tendons avaient été coupés. Que faire? Que faire? Je me le demandai jusqu'à en être épuisé; le sang bouillonnait déjà dans mes tempes et il cernait de bleu mon regard. Mais surtout, ne pas sortir, ne pas descendre, ne pas le rencontrer subitement sans avoir repris assurance, sans que mes nerfs aient retrouvé leur force! Je me rejetai sur le lit, affamé, sans m'être lavé, troublé, bouleversé, et de nouveau mes sens cherchèrent à deviner ce qui se passait derrière la mince cloison de maçonnerie: où se trouvait-il maintenant, que faisait-il, était-il éveillé comme moi, désespéré comme je l'étais?

Midi arriva, et j'étais encore étendu sur le lit brûlant de mon désarroi, lorsque enfin j'entendis un pas dans l'escalier. Tous mes nerfs sonnèrent l'alarme; mais ce pas était léger, insouciant, il parcourait dans son élan rapide deux marches à la fois; déjà une main frappait à la porte. Je bondis et demandai sans ouvrir: «Qui est là? — Pourquoi ne venez-vous donc pas déjeuner?»

répondit, d'un ton un peu fâché, sa femme. «Êtes-vous malade? — Non, non, bredouillai-je avec embarras, j'arrive, j'arrive à l'instant.» Et il ne me resta plus qu'à enfiler mes vêtements et à descendre. Mais je dus m'appuyer à la rampe de l'escalier, tellement mes membres flageolaient.

J'entrai dans la salle à manger. Devant l'un des deux couverts, la femme de mon maître m'attendait, et elle me salua en me reprochant légèrement de l'avoir obligée à venir me chercher. Sa place à lui était vide. Je sentis le sang me monter à la tête. Que signifiait cette absence imprévue? Redoutait-il encore plus que moi-même notre rencontre? Avait-il honte, ou bien désormais ne voulait-il plus s'asseoir à la même table que moi? Enfin je résolus de demander si le professeur ne viendrait pas.

Étonnée, elle me regarda: «Ne savez-vous donc pas qu'il est parti ce matin par le train? — Parti? balbutiai-je. Pour où?» Aussitôt son visage se fronça: «Mon mari n'a pas daigné me le dire; c'est probablement une de ses sorties coutumières.» Puis soudain elle se tourna vers moi, disant vivement et d'un air interrogateur: «Mais vous ne le savez donc pas, *vous*? Il est pourtant, cette nuit, remonté exprès chez vous; je pensais que c'était pour prendre congé. C'est étrange, vraiment étrange... qu'il ne vous ait rien dit, à vous non plus.

— À moi!» fis-je, incapable d'autre chose que de ce cri. Et à ma honte, à ma confusion, ce cri fit déborder tout ce que ces dernières heures avaient refoulé en moi. Subitement ce fut comme une explosion: de sanglots, de gémissements convulsifs et furieux; je n'étais plus qu'une masse hagarde de désespoir, de douleur éperdue, d'où jaillissait un déluge de mots et de cris enchevêtrés ; je pleurais, ou plutôt ma bouche frémissante déchargeait toute la souffrance accumulée en moi et je la noyais dans des sanglots hystériques. Mes poings frappaient sur la table avec égarement et, comme un enfant irritable et hors de lui, la figure ruisselante de larmes, je laissais éclater avec rage ce qui, depuis des semaines, couvait en moi comme un orage. Et tandis que ces épanchements effrénés me soulageaient, j'éprouvais en même temps une honte infinie à me trahir ainsi devant elle.

« Qu'avez-vous ? Pour l'amour de Dieu ! » Ce disant, elle s'était levée brusquement, toute décontenancée. Puis elle vint vite à moi et me conduisit de la table au canapé : « Étendez-vous là. Calmez-vous. » Elle caressait mes mains, elle passait les siennes sur mes cheveux, tandis que des secousses convulsives continuaient à ébranler mon corps tout tremblant. « Ne vous tourmentez pas, Roland, ne vous laissez pas tourmenter. Je connais tout cela, je l'ai senti venir. » Elle caressait toujours mes cheveux, mais soudain sa voix devint dure : « Je sais par moi-même comment il s'y prend pour troubler les gens. Je le sais mieux que personne. Mais croyez-moi, je voulais toujours vous avertir lorsque je voyais que vous vous reposiez entièrement sur lui, alors qu'il n'a lui-même aucun équilibre. Vous ne le connaissez pas, vous êtes aveugle, vous êtes un enfant. Vous ne vous doutez de rien, pas même aujourd'hui, non, pas même maintenant. Ou peut-être avez-vous aujourd'hui pour la première fois commencé à comprendre quelque chose ? Ce serait tant mieux pour lui et pour vous. »

Elle resta penchée sur moi affectueusement ; il

me semblait que ses paroles et ses mains apaisantes qui endormaient ma douleur, venaient d'une profondeur ouatée. Cela me faisait du bien de rencontrer enfin, enfin de nouveau un souffle de sympathie et de sentir près de moi, tendre, presque maternelle, une main de femme. Peut-être aussi que j'en avais été privé depuis trop longtemps, et maintenant en voyant à travers le voile de la tristesse l'intérêt que me témoignait une femme tendrement préoccupée, ma souffrance s'allégeait. Mais malgré tout, combien j'étais confus, combien j'avais honte de m'être trahi dans cette crise et de m'être livré ainsi, dans mon désespoir! Et ce fut malgré moi que, me redressant péniblement, je laissai encore libre cours à un flot de cris précipités et saccadés à la fois, me plaignant de tout ce qu'il m'avait fait, disant comment il m'avait repoussé et persécuté, puis de nouveau attiré; comment, sans raison ni motif, il se montrait dur envers moi — ce bourreau à qui, malgré tout, j'étais attaché avec amour, que je haïssais en l'aimant et que j'aimais en le haïssant. Je recommençai tellement à m'exciter qu'il fallut encore qu'elle m'apaisât. De nouveau ses douces mains me repoussèrent avec gentillesse sur l'ottomane d'où je m'étais levé avec emportement. Enfin, je devins plus calme. Elle se taisait, étrangement pensive: je devinais qu'elle comprenait tout cela et peut-être encore plus que moi-même... Ce silence nous lia pendant quelques minutes; puis la jeune femme se leva: «Bien, il y a maintenant assez longtemps que vous faites l'enfant; à présent redevenez un homme. Mettez-vous à table et mangez. Il n'y a là rien de tragique, c'est un simple malentendu, qui s'éclaircira — et, comme je faisais quelques gestes de dénégation, elle ajouta vivement : — Il s'éclaircira, car je ne vous laisserai pas plus longtemps tirailler et bouleverser ainsi; il faut que cela finisse; il faut qu'enfin il apprenne un peu à se maîtriser. Vous êtes trop bon pour ses jeux aventureux. Je lui parlerai, comptez-y. Maintenant, venez à table. »

Honteux et sans volonté, je me laissai faire. Elle parla avec une certaine hâte et volubilité de choses indifférentes, et je lui étais reconnaissant intérieurement de ce qu'elle paraissait n'avoir pas fait attention à cette explosion plus forte que moi et l'avoir déjà oubliée. Elle me dit d'une voix persuasive que le lendemain dimanche, elle devait faire, avec le professeur W... et sa fiancée, une excursion sur les bords d'un lac voisin et qu'il me fallait venir avec eux, m'arracher à mes livres et me distraire. Tout mon malaise provenait du surmenage et de la surexcitation des nerfs; une fois dans l'eau ou sur les chemins, mon corps retrouverait aussitôt l'équilibre.

Je promis de les accompagner. Tout, plutôt que la solitude, plutôt que de rester dans ma chambre, avec ces pensées rôdant dans l'ombre. « Et cet après-midi non plus ne demeurez pas enfermé. Allez vous promener, courir, vous amuser », insista-t-elle encore. « C'est étrange, pensai-je, comme elle devine mes sentiments les plus intimes, comme elle qui pourtant, m'est étrangère, sait toujours ce qu'il me faut ou ce qui me fait mal, tandis que lui, l'homme de la connaissance, me méconnaît et me brise. » Je lui promis de l'écouter. Et, la regardant avec gratitude, je lui trouvai un nouveau visage : ce qui s'y montrait d'habitude de railleur et d'impertinent et lui donnait un peu l'air d'un garçon insolent et mal élevé, était remplacé par un regard tendre et compatissant; jamais je ne l'avais vue aussi sérieuse. «Pourquoi, lui ne me regarde-t-il jamais avec cet air de bonté? se demandait nostalgiquement en moi un sentiment confus. Pourquoi ne voit-il jamais qu'il me fait mal? Pourquoi n'a-t-il jamais posé sur mes cheveux, ou dans mes mains, des mains aussi secourables, aussi tendres?» Je baisai avec reconnaissance les mains de cette femme, mais elle les retira vivement, presque avec violence. «Ne vous tourmentez pas», insista-t-elle encore, très chaleureuse.

Puis ses lèvres reprirent une expression de dureté; se redressant brusquement, elle dit d'une voix basse: «Croyez-moi, il ne le mérite pas.»

Et cette parole, murmurée d'une façon à peine perceptible, endolorit de nouveau mon cœur qui était déjà presque apaisé.

Ce que je fis d'abord dans cet après-midi et cette soirée est si ridicule et si puéril que pendant des années, j'ai eu honte d'y penser et que, même, une censure intérieure étouffait aussitôt le moindre souvenir qui s'y rapportait. Aujourd'hui, je n'ai plus honte de ces balourdises; au contraire, je comprends maintenant très bien le jeune homme impétueux que j'étais, qui dans sa passion confuse cherchait violemment à se cacher à lui-même la propre incertitude de ses sentiments.

Je me vois moi-même comme au bout d'un couloir d'une longueur extraordinaire, comme à travers un télescope: ce jeune homme désespéré et tiraillé monte dans sa chambre sans savoir ce qu'il va entreprendre contre lui-même. Et soudain il se précipite sur son paletot, se compose une autre démarche, va chercher au fond de son être des gestes farouchement résolus et puis brusquement, d'un pas énergique et violent, le voilà dans la rue. Oui, c'est moi, je me reconnais, je sais toutes les pensées de ce pauvre garçon d'alors, sot et tourmenté; je le sais: soudain je me suis raidi, juste devant la glace, et je me suis dit: «Je me moque de lui, que le Diable l'emporte! Pourquoi me torturer à cause de ce vieux fou? Elle a raison: soyons gais, amusons-nous enfin. En avant!»

Véritablement c'est ainsi que je suis descendu dans la rue. Ce fut une brusque secousse pour me délivrer, et puis une course à toutes jambes, une fuite lâche et aveugle, pour ne pas reconnaître que cette joyeuse assurance n'était pas si joyeuse que cela et que le bloc de glace, immobile, toujours aussi lourd, pesait sur mon cœur. Je me rappelle encore comment je marchais, ma forte canne bien serrée dans la main et regardant chaque étudiant droit dans les yeux; en moi couvait une dangereuse envie de me quereller avec quelqu'un, de décharger au hasard, sur le premier venu, ma colère grondant sans issue. Mais heureusement, personne ne daigna faire attention à moi. Alors je me dirigeai vers le café où le plus souvent se réunissaient mes camarades étudiants du séminaire, déterminé à m'asseoir à leur table sans y être invité et à trouver dans le moindre quolibet le prétexte d'une provocation. Mais ici encore, mon humeur batailleuse ne rencontra que le vide; la belle journée qu'il faisait en avait engagé la plupart à excursionner, et les deux ou trois qui restaient me saluèrent poliment et n'offrirent pas la moindre prise à ma fiévreuse irritation. Mécontent, je me levai bientôt et je me rendis dans un établissement franchement mal famé dans les faubourgs, où en écoutant un bruyant flonflon, le rebut des viveurs de la petite ville se pressait grossièrement, environnés de bière et de fumée. J'engloutis vite deux ou trois verres, invitai à ma table une femme de mœurs légères avec son amie, également une demi-mondaine, sèche et fardée, et j'éprouvai une joie maligne à me faire remarquer. Chacun me connaissait dans la petite ville; chacun savait que j'étais le disciple du professeur; elles, d'autre part, montraient bien par leur costume effronté et par leur conduite ce qu'elles étaient; ainsi je jouis de ce plaisir fol et ridicule de me compromettre, et lui avec moi (comme j'avais la sottise de le penser); puissent-ils voir, me disais-je, que je me moque de lui, que je me fiche de lui! Et devant tout le monde je fis la cour à cette créature à la grosse poitrine, de la manière la plus éhontée et sans le moindre tact. C'était une ivresse de méchanceté enragée et bientôt aussi ce fut une ivresse réelle, car nous buvions de tout, mélangeant grossièrement vins, eau-de-vie, bière, et nous nous agitions si violemment qu'autour de nous des chaises se renversaient et que les voisins se reculaient avec prudence. Mais je n'avais pas honte, au contraire; il apprendra ainsi, me disais-je furieusement en ma tête folle, il verra ainsi combien il m'est indifférent: ah! je ne suis pas triste, je ne suis pas offensé, au contraire: « Du vin! du vin! » fis-je en frappant du poing sur la table, à faire trembler les verres. Finalement je sortis avec les deux femmes, tenant l'une au bras droit et l'autre au bras gauche, et je gagnai la grand-rue, où la promenade habituelle de neuf heures réunissait les étudiants et les jeunes filles, les civils et les militaires, pour une flânerie bon-enfant: trio titubant et lourd d'alcool, nous passâmes sur la chaussée en faisant tant de bruit qu'enfin un sergent de ville s'avança, irrité, et nous intima énergiquement de nous tenir tranquilles. Ce qui arriva par la suite, je suis incapable de le raconter exactement: une vapeur bleue d'alcool obscurcit mon souvenir; je sais seulement que, dégoûté des deux femmes ivres et d'ailleurs moi-même à peine maître de mes sens, je me débarrassai d'elles en leur donnant de l'argent; ensuite je bus en quelque endroit du café et du cognac, et devant l'Université je prononçai une philippique contre les professeurs, pour la joie des gamins rassemblés autour de moi. Puis, poussé par l'obscur instinct de me salir encore davantage et de *lui* faire tort — idée stupide dictée confusément par une colère passionnée! — je voulus aller dans une maison close, mais je n'en trouvai pas le chemin, et finalement je rentrai chez moi, en titubant, de fort mauvaise humeur. Ce n'est qu'avec peine que ma main tâtonnante put ouvrir la porte et c'est tout juste si je parvins à me traîner sur les premières marches de l'escalier.

Mais, arrivé devant sa porte, toute mon ivresse tomba brusquement, comme si ma tête avait été plongée soudain dans une eau glacée. Dégrisé, je vis dans mon visage décomposé l'image de ma folie furieuse et impuissante. La honte me fit baisser la tête; et, tout doucement, me faisant petit comme un chien battu pour que personne ne m'entendît, je me glissai à pas furtifs dans ma chambre.

J'avais dormi comme une souche; lorsque je me réveillai, le soleil inondait déjà le plancher et il montait peu à peu jusqu'au rebord de mon lit; je me levai d'un bond. Dans ma tête endolorie le souvenir de la veille se ranimait; mais je repoussai tout sentiment de honte, je ne voulais plus être honteux. En effet, essayai-je de me persuader, c'était sa faute, sa faute à lui seul, si je m'abrutissais ainsi. Je me tranquillisai en considérant que ce qui s'était passé la veille n'avait été qu'un divertissement d'étudiant, bien permis à quelqu'un qui depuis des semaines et des semaines n'a connu que le travail, et encore le travail. Mais je ne me sentais pas à l'aise dans ma propre justification et, assez penaud, manquant de contenance, je descendis trouver la femme de mon maître, me rappelant ma promesse de la veille pour l'excursion.

Chose singulière, à peine eus-je touché le loquet de sa porte qu'*il* fut de nouveau présent en moi, mais aussitôt, avec lui, cette douleur brûlante, stupide et déchirante, ce désespoir furieux. Je frappai doucement. Sa femme vint au-devant de moi, en me regardant avec une douceur bizarre. «Quelles sottises faites-vous, Roland? dit-elle, mais avec plus de compassion que de reproche. Pourquoi vous torturer ainsi?» Je restai là, interloqué. Donc elle aussi avait déjà appris ma folle conduite. Mais elle mit fin aussitôt à mon embarras: «Aujourd'hui nous serons raisonnables. À dix heures, le professeur W... viendra avec sa fiancée, puis nous prendrons le train et nous irons ramer et nager, pour donner le coup de grâce à toutes ces folies.» J'osai encore, d'une voix angoissée, demander bien inutilement si mon maître était rentré. Elle me regarda sans répondre, car je savais moi-même que cette question était vaine.

À dix heures précises arriva le professeur : un jeune physicien qui, étant juif, vivait sans beaucoup de contacts avec les universitaires et qui, à vrai dire, était le seul qui nous fréquentât dans notre solitude. Il était accompagné de sa fiancée, ou plus probablement de sa maîtresse, une jeune fille dont la bouche s'ouvrait sans cesse pour rire, naïve et un peu sotte, mais par là même tout ce qu'il fallait pour une escapade improvisée de ce genre. Nous nous rendîmes d'abord par le train, tout en mangeant, causant et riant, au bord d'un petit lac situé dans le voisinage ; les semaines de travail acharné que je venais de traverser m'avaient à tel point déshabitué de tous les agréments de la conversation que cette heure-là suffit déjà à m'enivrer, comme un vin léger et pétillant. Vraiment, mes compagnons réussirent tout à fait, par leur pétulance et leur exubérance d'enfants, à éloigner mes pensées de cette sphère sombre et agitée autour de laquelle d'habitude elles tournaient toujours en bourdonnant ; et à peine eus-je senti de nouveau mes muscles au grand air, en faisant soudain une course avec la jeune fille, que je redevins le garçon vivant et insouciant d'autrefois.

Sur la rive du lac nous prîmes deux canots ; la femme de mon maître tenait la barre du mien, et dans l'autre le professeur maniait les rames avec son amie. Aussitôt que nous eûmes embarqué, l'envie de nous mesurer se fit sentir, l'envie de nous dépasser mutuellement, ce en quoi à vrai dire j'étais désavantagé car, tandis qu'ils ramaient tous les deux, je me trouvais seul pour ma part : mais ôtant vite mon veston et exercé depuis longtemps à ce sport, je maniais si vigoureusement les avirons qu'à coups puissants, je devançais toujours l'autre bateau. C'était des deux côtés un jaillissement continu de propos railleurs, faits pour nous stimuler ; nous nous excitions les uns les autres et, indifférents à l'ardente chaleur de juillet, sans nous soucier de la sueur qui peu à peu nous inondait, nous nous donnions, comme des galériens intraitables, de tout cœur au démon du sport et au désir de l'emporter sur l'adversaire. Enfin le but fut proche ; c'était une petite langue de terre boisée, au milieu du lac : nous fîmes un effort encore plus furieux et, au grand triomphe de ma camarade de canot, qui elle-même était saisie par l'émulation du jeu, notre carène crissa la première sur le sable. Je descendis, tout brûlant et ruisselant, grisé par le soleil auquel je n'étais pas accoutumé, par le bouillonnement impétueux de mon sang, par la joie du succès. Mon cœur battait avec violence dans ma poitrine ; mes vêtements me collaient au corps tant je transpirais. Le professeur n'était pas mieux partagé et, au lieu d'être félicités, nous les acharnés champions, nous subîmes longuement le rire railleur et impertinent des femmes, à cause de notre essoufflement et de notre aspect assez pitoyable. Enfin elles nous accordèrent un moment de répit pour nous rafraîchir ; au milieu des plaisanteries, deux « cabines » de bains, l'une pour les messieurs et l'autre pour les dames, furent improvisées à droite et à gauche d'un bosquet. Nous enfilâmes rapidement nos maillots de bain; derrière les arbres étincelèrent du linge blanc et des bras nus, et tandis que le professeur et moi nous achevions de nous préparer, les deux femmes s'ébattaient déjà voluptueusement dans l'eau. Le professeur, moins fatigué que moi qui avais gagné seul contre deux, s'élança aussitôt sur leur trace, mais j'avais ramé un peu trop fort et je sentais mon cœur battre encore avec précipitation contre mes côtes; je m'étendis d'abord confortablement à l'ombre et je regardai avec plaisir les nuages passer au-dessus de ma tête, jouissant avec délice du doux bourdonnement de la lassitude dans mon sang tumultueux.

Mais au bout de quelques minutes déjà on commença à me réclamer avec force dans l'eau: « En avant, Roland! Concours de natation! Des prix pour les nageurs! Des prix pour les plongeurs!» Je ne bougeai pas: il me semblait que j'aurais pu rester ainsi couché pendant mille ans, la peau picotée par le soleil qui s'infiltrait à travers le feuillage, et en même temps rafraîchi par l'air qui m'effleurait mollement. Mais de nouveau un rire vola vers moi, et la voix du professeur cria: « Il fait grève! Nous l'avons vidé à fond! Allez chercher le paresseux. » Et effective-ment, j'entendis aussitôt un clapotis se rappro-cher, puis elle me lança, de tout près: « En avant, Roland! Concours de natation! Il faut que nous leur donnions une leçon, à tous les deux. » Je ne répondis pas, m'amusant à me laisser chercher. « Où êtes-vous donc? » Déjà le gravier crissait; des pieds nus parcouraient le rivage, et soudain elle fut devant moi, son maillot tout mouillé collé autour de son corps mince, androgyne. «Ah! vous voilà! Fainéant que vous êtes! Mais maintenant levez-vous, les autres sont déjà presque au bord de l'île, là-bas en face.» J'étais étendu mollement sur le dos, je m'étirais avec indolence: «Il fait bien meilleur ici. Je vous rejoindrai plus tard.»

«Il ne veut pas», lança-t-elle d'une voix éclatante et rieuse, dans sa main en entonnoir dirigée vers l'autre côté de l'eau. «Jetez-le dans le lac, le fanfaron», répondit de loin le professeur. «Allons, venez», insista-t-elle avec impatience, «ne me rendez pas ridicule». Mais je ne fis que bâiller paresseusement. Alors elle cassa une baguette à un arbuste, à la fois fâchée et amusée. «En avant!» répéta-t-elle avec énergie, en me donnant, pour me stimuler, un coup de baguette sur le bras. Je sursautai: elle m'avait frappé trop fort, une raie mince et rouge comme du sang striait mon bras. «Maintenant moins que jamais» dis-je, mi-plaisantant, mi-mécontent. Mais alors, avec une colère véritable, elle ordonna: «Venez! Immédiatement!» Et comme par défi je ne bougeais pas, elle me frappa de nouveau, cette fois-ci plus fort, d'un coup cinglant et cuisant. Aussitôt je bondis, furieux, pour lui arracher la baguette; elle recula, mais je lui pris le bras. Involontairement, dans cette lutte dont la baguette était l'enjeu, nos corps demi-nus se rapprochèrent l'un de l'autre; lorsque, ayant saisi son bras, je lui tordis l'articulation pour l'obliger à laisser tomber la branche et qu'en cédant elle se courba en arrière, on entendit un craquement: la bretelle de son maillot s'était déchirée; la partie gauche s'ouvrit, mettant à nu son corps et, ferme et rose, le bouton de son sein

102

pointa vers moi. Sans le vouloir, mon regard s'y porta, rien qu'une seconde, mais j'en fus troublé : tremblant et gêné, j'abandonnai sa main prisonnière. Elle se tourna en rougissant, pour réparer tant bien que mal avec une épingle à cheveux la bretelle déchirée. J'étais là debout, ne sachant que dire : elle aussi restait muette. Et de ce moment naquit entre nous deux une inquiétude sourde et étouffée.

« Ohé... Ohé... Où êtes-vous donc ? » faisaient déjà les voix venues de la petite île. « Oui, j'arrive tout de suite », répondis-je précipitamment. Et heureux d'échapper à une nouvelle confusion, je me jetai d'un bond dans l'eau. Quelques coulées, la joie enthousiaste de se propulser soi-même, la limpidité et la fraîcheur de l'élément étranger, et déjà ce dangereux bourdonnement et ce sifflement de mon sang furent noyés sous la vague d'un plaisir plus puissant et plus pur. J'eus bientôt rattrapé les deux autres ; je défiai le chétif professeur à plusieurs reprises, et chaque fois je triomphai ; puis nous revînmes en nageant à la langue de terre. Déjà habillée, elle nous attendait, pour organiser aussitôt un joyeux pique-nique avec les provisions que nous avions apportées. Mais quelle que fût l'animation des plaisanteries qui couraient entre nous quatre, involontairement, nous évitions tous deux de nous adresser la parole ; nous parlions et riions comme si nous n'étions pas concernés. Et lorsque nos regards se rencontraient ils se détournaient vivement, tandis que nous éprouvions un même sentiment :

l'impression pénible causée par le récent incident n'était pas encore dissipée et chacun sentait que l'autre y pensait, avec une inquiétude confuse.

L'après-midi passa ensuite rapidement, avec une nouvelle partie de canotage ; mais l'ardeur de la passion sportive cédait toujours davantage à une agréable fatigue : le vin, la chaleur, le soleil que nous avions absorbés s'infiltraient peu à peu jusque dans notre sang et le faisaient affluer, plus rouge. Déjà le professeur et son amie se permettaient de petites privautés que nous étions obligés de supporter avec une certaine gêne ; ils se rapprochaient de plus en plus l'un de l'autre, tandis que nous, nous gardions une distance d'autant plus inquiète ; mais notre isolement à deux devenait plus conscient parce que les deux autres, pleins d'entrain, préféraient rester en arrière dans le sentier de la forêt, pour s'embrasser plus librement, et quand nous étions seuls, notre conversation était toujours embarrassée. Finalement, nous fûmes tous les quatre contents d'être de nouveau dans le train : les autres en songeant à leur fin de soirée amoureuse, et nous-mêmes en échappant enfin à des situations aussi gênantes.

Le professeur et son amie nous accompagnèrent jusqu'à la maison. Nous montâmes seuls l'escalier ; à peine entré, je sentis de nouveau l'influence mystérieuse et troublante de *sa* présence ardemment désirée. « Que n'est-il revenu ! » pensai-je avec impatience. Et en même temps, comme si elle avait lu sur mes lèvres ce soupir muet, elle dit : « Nous allons voir s'il est revenu. »

Nous entrâmes ; l'appartement était vide ; dans sa chambre tout révélait son absence. Inconsciemment ma sensibilité émue dessinait dans le fauteuil vide sa figure oppressée et tragique. Mais les feuilles blanches étaient là intactes, attendant comme moi. Alors la même amertume qu'avant me revint: « Pourquoi avait-il fui, pourquoi me laissait-il seul? » Toujours plus violente, la colère jalouse me montait à la gorge; de nouveau bouillonnait sourdement en moi le désir trouble et insensé de faire contre lui quelque chose de méchant et de haineux.

La jeune femme m'avait suivi. « Vous restez dîner ici, n'est-ce pas? Aujourd'hui il ne faut pas que vous soyez seul. » Comment savait-elle que j'avais peur de la chambre vide, du grincement des marches de l'escalier, du souvenir que je ruminais? Elle devinait toujours tout en moi, chaque pensée même inexprimée, chaque mauvais dessein.

Une crainte me saisit, la crainte de moi-même et de la haine qui s'agitait confusément en moi. Je voulais refuser, mais je fus lâche et n'osai pas dire non.

J'ai de tout temps exécré l'adultère, non pas par esprit de mesquine moralité, par pruderie ou par vertu, non pas tant parce que c'est là un vol commis dans l'obscurité, l'appropriation du bien d'autrui, mais parce que presque toute femme, dans ces moments-là, trahit ce qu'il y a de plus secret chez son mari; chacune est une Dalila qui dérobe à celui qu'elle trompe son secret le plus humain, pour le jeter en pâture à un étranger... le secret de sa force ou de sa faiblesse. Ce qui me paraît une trahison, ce n'est pas que les femmes se donnent elles-mêmes, mais que presque toujours, pour se justifier, elles soulèvent le voile de l'intimité de leur mari et qu'elles exposent, comme dans le sommeil, à une curiosité étrangère, à un sourire ironiquement satisfait, l'homme qui ne s'en doute pas.

Ce n'est donc pas le fait que, tout égaré par un désespoir aveugle et furieux, j'aie trouvé refuge dans les embrassements de sa femme, d'abord pleins de compassion seulement, mais devenus ensuite tendres — et le premier sentiment fit place au second avec une rapidité fatale —, ce n'est pas cela que je juge encore aujourd'hui comme la bassesse la plus misérable de ma vie (car ceci se passa involontairement et tous deux nous nous précipitâmes sans y penser et inconsciemment dans ce brûlant abîme), mais c'est de l'avoir laissée me raconter, sur l'oreiller brûlant, des confidences sur lui, c'est d'avoir permis à cette femme irritée de trahir l'intimité de son mariage. Pourquoi tolérai-je, sans la repousser, qu'elle me confiât que depuis des années il n'avait pas de commerce charnel avec elle, et qu'elle se répandît en allusions obscures? Pourquoi ne lui ordonnai-je pas impérieusement de ne rien dire de ce secret, le plus personnel, de la vie sexuelle de mon maître? Mais je brûlais tant de connaître son secret, j'avais tellement soif de le savoir coupable vis-à-vis de moi, vis-à-vis d'elle et vis-à-vis de tous, que j'accueillis fiévreusement cet aveu indigné qu'il la négligeait. Car c'était là quelque chose de si semblable à mon propre sentiment d'être repoussé! Il arriva ainsi que tous deux, par une haine confuse et commune, nous fîmes quelque chose qui imita les gestes de l'amour: mais tandis que nos corps se cherchaient et se pénétraient, nous ne pensions tous les deux qu'à lui et nous ne parlions tous les deux que de lui, toujours et sans cesse. Parfois ses paroles me faisaient mal et j'avais honte de rester là, malgré l'horreur que j'éprouvais. Mais le corps qui était sous moi n'obéissait plus à aucune volonté, il s'abandonnait sauvagement à sa propre volupté et en frissonnant je baisai la lèvre qui trahissait l'homme que j'aimais le plus au monde.

Le lendemain matin je me glissai dans ma chambre, la langue amère de dégoût et de honte. À la minute où la chaleur de son corps cessa de troubler mes sens, j'eus conscience de l'affreuse réalité et de l'indignité de ma trahison. Jamais plus, je le sentis aussitôt, je ne pourrais paraître devant lui, ni jamais plus lui serrer la main: ce n'était pas lui, mais moi-même, que j'avais dépouillé du bien le plus précieux.

Maintenant il n'y avait qu'un salut: la fuite. Fiévreusement j'emballai toutes mes affaires, je réunis tous mes livres en un tas et je payai ma propriétaire: il ne fallait pas qu'il me trouvât là; moi aussi, je devais avoir disparu, sans motif et mystérieusement, tout comme lui pour moi.

Mais au milieu de ces gestes affairés, ma main s'arrêta soudain. J'avais entendu le grincement de l'escalier de bois, un pas en montait à la hâte les degrés, c'était son pas.

Sans doute j'étais devenu livide comme un cadavre, car à peine entré, il eut un cri d'effroi: «Qu'est-ce que tu as, mon garçon? Es-tu malade?»

Je reculai. Je l'évitai en me penchant, au

moment où il voulait s'approcher tout à fait de moi pour m'assister.

« Qu'as-tu ? demanda-t-il épouvanté. T'est-il arrivé du mal ? Ou bien... ou bien... es-tu encore fâché contre moi ? »

J'allai me cramponner à la fenêtre. Je ne pouvais pas le regarder. Sa voix chaude et compatissante ouvrait en moi quelque chose comme une blessure : près de m'évanouir, je sentais affluer, chaud, tout chaud, brûlant et dévorant, un ardent jaillissement de honte.

Mais lui aussi était là étonné, bouleversé. Et soudain (sa voix se fit toute petite, toute hésitante), il murmura une étrange question. « Quelqu'un... t'a-t-il... dit quelque chose sur moi ? »

Sans me tourner vers lui, je fis un geste de dénégation. Mais une pensée inquiète paraissait le dominer ; il répéta avec obstination : « Dis-le-moi... avoue... quelqu'un t'a-t-il dit quelque chose sur moi ?... N'importe qui, je ne demande pas qui. »

Je fis à nouveau signe que non. Il restait là déconcerté ; mais tout à coup il sembla avoir remarqué que mes malles étaient faites, que mes livres étaient prêts à être emballés et que précisément son arrivée avait interrompu mes derniers préparatifs de voyage. Il s'avança tout ému : « Tu veux t'en aller, Roland, je le vois... dis-moi la vérité. »

Alors je me ressaisis. « Il faut que je parte... pardonnez-moi... mais je ne puis pas vous expliquer... je vous écrirai. » Il me fut impossible d'en dire davantage, tant ma gorge était serrée, tant mon cœur battait dans chaque parole.

Il resta figé, puis brusquement, son attitude lassée le reprit. « Cela vaut peut-être mieux,

Roland... oui, à coup sûr, cela vaut mieux... pour toi et pour tout le monde. Mais avant que tu t'en ailles, je voudrais te parler encore une fois. Viens à sept heures, à l'heure habituelle... Nous nous dirons adieu, d'homme à homme... il ne faut pas prendre la fuite devant soi-même; pas besoin de lettres... ce serait puéril et indigne de nous... et puis ce que j'ai à te dire ne s'écrit pas... tu viendras donc, n'est-ce pas ? »

Je me bornai à faire signe que oui. Mon regard n'osait pas encore s'éloigner de la fenêtre. Mais je ne voyais plus rien de la clarté matinale : un voile épais et sombre était interposé entre l'univers et moi.

À sept heures, je pénétrai pour la dernière fois dans ce bureau que j'aimais : une obscurité précoce tombait des portières ; dans le fond brillaient encore à peine les contours patinés des figures de marbre, et les livres dormaient tous, noirs derrière leurs vitres au reflet de nacre. Asile secret de mes souvenirs, où la parole était devenue pour moi magie et où j'avais savouré l'ivresse et le ravissement de l'esprit comme en nul autre endroit, toujours je te vois, à cette heure de l'adieu, et je revois toujours la personne vénérée, qui maintenant s'arrache lentement, lentement du dossier de son siège et vient au-devant de moi, ainsi qu'une ombre. Seul son front brille, rond comme une lampe d'albâtre, dans l'obscurité et au-dessus ondoie, fumée flottante, la chevelure blanche du vieil homme. À présent, soulevée avec peine, une main apparaît, venant d'en bas, elle cherche la mienne; maintenant je reconnais ses yeux, qui sont tournés vers moi avec gravité, et déjà je sens qu'il saisit doucement mon bras et qu'il me guide vers une chaise.

«Assieds-toi, Roland, et parlons clairement. Nous sommes des hommes et il faut que nous soyons sincères. Je n'exerce pas de pression sur toi, mais ne vaudrait-il pas mieux que cette heure dernière créât aussi une complète clarté entre nous? Dis-moi donc pourquoi tu veux t'en aller. Es-tu fâché contre moi à cause de cette offense absurde?»

D'un signe je fis non. La pensée que lui, qui avait été trompé et trahi, voulût prendre la faute sur soi, était horrible.

«T'ai-je blessé par ailleurs, consciemment ou non? Je suis quelquefois étrange, je le sais. Et je t'ai irrité, tourmenté, contre ma propre volonté. Je ne t'ai jamais assez remercié pour tout l'intérêt que tu m'as porté — je le sais, je le sais, je l'ai toujours su, même dans les minutes où je te faisais mal. Est-ce là la raison, dis-le-moi, Roland, car je voudrais que nous prissions loyalement congé l'un de l'autre.»

De nouveau je secouai la tête, je ne pouvais pas parler. Jusqu'alors sa voix avait été assurée: maintenant elle commença à se troubler légèrement.

«Ou bien... je te le demande encore... quelqu'un t'a-t-il rapporté quelque chose sur mon compte... quelque chose que tu trouves vil... abject... quelque chose qui fait... que tu me méprises?»

«Non! non! non...» Cette dénégation jaillit comme un sanglot: moi, le mépriser! Lui! moi!

Maintenant sa voix devint impatiente. «Qu'y

a-t-il alors?... Qu'est-ce que ça peut donc être?...
Es-tu fatigué de travailler?... Ou bien est-ce
quelque chose d'autre qui te fait partir...? Une
femme... est-ce une femme?»

Je me tus et ce silence était sans doute tel qu'il
y sentit un aveu. Il se pencha plus près de moi et
murmura tout bas, mais sans émotion, sans
aucune émotion ni colère:

«Est-ce une femme?... la *mienne*?...»

Je continuai de me taire, et il comprit. Un
tremblement me parcourut le corps: maintenant,
maintenant, maintenant il allait éclater, me
tomber dessus, me battre, me châtier... et j'avais
presque envie qu'il me fouettât, moi le voleur, moi
le traître, qu'il me chassât à coups de pied,
comme un chien galeux, de sa maison profanée.
Mais, chose étrange... il resta complètement
silencieux... et lorsqu'il murmura, pour lui-même,
l'air songeur: «à vrai dire, j'aurais dû y penser...» il y avait presque du soulagement dans sa
voix. Par deux fois il arpenta la pièce. Puis il
s'arrêta devant moi et me dit d'un ton qui me
parut presque méprisant:

«Et c'est cela... c'est cela que tu prends si au
sérieux? Ne t'a-t-elle pas dit qu'elle est libre de
faire ce qui lui plaît, de prendre qui lui plaît, que
je n'ai aucun droit sur elle... Aucun droit de lui
défendre quelque chose, et je n'en ai pas non plus
la moindre envie... Et pourquoi se serait-elle
contrainte, pour l'amour de qui et précisément à
ton égard... Tu es jeune, tu es limpide et beau... tu
étais près de nous... comment ne t'aurait-elle pas
aimé, toi... toi, beau et jeune comme tu es,
comment ne t'aurait-elle pas aimé... Je...» Soudain sa voix se mit à trembler et il se pencha près
de moi, si près que je sentis son souffle. De

nouveau j'éprouvai le chaud enveloppement de ses regards, de nouveau cette étrange lumière, comme... comme dans ces rares et singulières secondes qui se produisaient entre lui et moi. Il s'approchait toujours davantage.

Et puis il murmura tout bas, à peine si ses lèvres remuèrent : « Je... t'aime, moi aussi. »

Avais-je sursauté ? Ces paroles m'avaient-elles malgré moi fait reculer d'épouvante ? En tout cas, il fallait bien que quelque geste de surprise et de fuite m'eût échappé, car il chancela, en s'écartant comme quelqu'un qu'on repousse. Une ombre obscurcit son visage. « Me méprises-tu, maintenant ? » demanda-t-il tout bas. « Te fais-je horreur, maintenant ? »

Pourquoi ne trouvai-je alors aucune parole ? Pourquoi me bornai-je à rester là muet, comme indifférent, embarrassé, engourdi, au lieu de m'élancer vers cet homme plein d'amour et de lui ôter ce souci injustifié ? Mais tous les souvenirs déferlèrent en moi sauvagement ; comme si le langage de tous ces messages incompréhensibles venait soudain d'être déchiffré, je compris alors les choses avec une clarté terrible : la tendresse avec laquelle il venait à moi et sa brusque défense ; je compris, plein de trouble, sa visite de la nuit, et sa fuite tenace devant ma passion qui montait vers lui avec enthousiasme. L'amour, je l'avais toujours senti chez lui, tendre et timide, tantôt débordant, tantôt entravé de nouveau par une force toute-puissante, cet amour, je l'avais éprouvé et j'en avais joui dans chaque rayon tombé fugitivement sur moi. Cependant, lorsque le mot «amour» fut prononcé par cette bouche barbue, avec un accent de tendresse sensuelle, un frisson à la fois doux et effrayant bourdonna dans mes tempes. Et malgré l'humilité et la compassion dont je brûlais pour lui, moi le jeune homme tout troublé, tout tremblant et tout surpris, je ne trouvai pas une parole pour répondre à sa passion qui se révélait à moi à l'improviste.

Il était assis, le regard fixe, anéanti devant mon silence. «C'est donc pour toi si effrayant, si effrayant», murmura-t-il. «Toi non plus... tu ne me pardonnes donc pas, toi non plus, devant qui j'ai serré mes lèvres jusqu'à en étouffer presque... toi devant qui je me suis caché comme je ne l'ai fait devant personne?... Mais il vaut mieux que tu le saches maintenant; à présent cela ne m'oppresse plus... car la mesure était comble pour moi... Oh! plus que comble... il vaut mieux arrêter là, tout vaut mieux que ce silence et cette dissimulation...»

Comme il disait cela avec tristesse, avec tendresse et pudeur! Son accent frémissant pénétrait tout au fond de mon être. J'avais honte de rester si froid, si insensible et glacé dans mon silence, devant cet homme qui m'avait donné plus que tout autre et qui s'humiliait devant moi d'une manière si insensée. Mon âme brûlait de lui dire un mot de consolation, mais ma lèvre tremblante ne m'obéissait pas et ainsi, embarrassé, je me faisais si pitoyablement petit et je me recroquevillais tellement sur mon siège que, presque malgré lui, il chercha à me donner du courage. «Ne reste donc pas assis comme cela, Roland, si atrocement muet... ressaisis-toi donc...

est-ce réellement si terrible pour toi ? Est-ce que je t'inspire une si grande honte ?... Maintenant, tout est passé, je t'ai tout dit... prenons au moins bravement congé l'un de l'autre, d'une manière digne, comme il convient à deux hommes, à deux amis. »

Mais je n'étais pas encore maître de moi. Alors il me toucha le bras : « Viens, Roland, assieds-toi à côté de moi... je me trouve mieux depuis que tu sais tout, depuis qu'enfin la clarté règne entre nous... D'abord je craignais toujours que tu ne devines combien tu m'es cher... puis j'ai espéré que tu le sentirais toi-même, simplement pour que cet aveu me fût épargné... mais maintenant c'est fait, maintenant je suis libre, maintenant je puis te parler comme je n'ai jamais parlé à personne d'autre. Car tu m'as été plus cher que quiconque, toutes ces dernières années, je t'ai aimé comme personne... Comme personne, tu as, enfant, éveillé mon être au plus profond... aussi, en guise d'adieu, il faut que je t'en apprenne plus sur mon compte que n'en sait aucun être humain ; j'ai en effet, pendant toutes ces heures senti si nettement ton interrogation muette... toi seul, tu connaîtras toute ma vie. Veux-tu que je te la raconte ? »

Dans mes regards, troublés et émus, il lut un acquiescement.

« Rapproche-toi donc... viens près de moi... je ne puis pas dire ces choses à voix haute. » Je m'inclinai, avec dévotion — c'est le mot. Mais à peine fus-je assis en face de lui, attendant et écoutant, qu'il se leva de nouveau. « Non, pas ainsi... il ne faut pas que tu me regardes... sinon... sinon je ne pourrais pas parler. » Et d'un geste il éteignit la lumière.

L'obscurité descendit sur nous. Je sentais qu'il était tout près de moi, je le sentais à son souffle qui, lourd, comme un râle, se perdait quelque part dans le noir. Soudain une voix s'éleva entre nous, et il me raconta toute sa vie.

Depuis le soir où cet homme que je révérais entre tous m'ouvrit son destin, comme on ouvre un dur coquillage, depuis ce soir-là qui remonte à quarante ans, tout ce que nos écrivains et nos poètes racontent d'extraordinaire dans leurs livres et ce que le théâtre dérobe à la scène comme étant trop tragique, me paraît toujours enfantin et sans importance. Est-ce par indolence, lâcheté ou insuffisance de vision que tous se bornent à dessiner la zone supérieure et lumineuse de la vie, où les sens jouent ouvertement et légitimement, tandis qu'en bas, dans les caveaux, dans les cavernes profondes et dans les cloaques du cœur s'agitent, en jetant des lueurs phosphorescentes, les bêtes dangereuses et véritables de la passion, s'accouplant et se déchirant dans l'ombre, sous toutes les formes de l'emmêlement le plus fantastique ? Sont-ils effrayés par le souffle ardent et dévorant des instincts démoniaques, par la vapeur du sang brûlant ? Ont-ils peur de salir leurs mains trop délicates aux ulcères de l'humanité, ou bien leur regard, habitué à des clartés plus mates, est-il incapable de les conduire jusqu'au bas de ces marches glissantes, périlleuses et dégouttantes de putréfaction ? Et pourtant, l'homme qui sait n'éprouve pas de joie égale à celle qu'on trouve dans l'ombre, de frisson aussi puissant que celui que le danger glace et pour lui, aucune souffrance n'est plus sacrée que celle qui par pudeur n'ose pas se manifester.

Or ici un homme se révélait à moi dans sa nudité la plus complète; ici un homme déchirait le tréfonds de sa poitrine, avide de mettre à nu son cœur rompu, empoisonné, consumé et suppurant. Il y avait là une volupté sauvage à se martyriser, à se flageller volontairement, dans cet aveu retenu pendant des années et des années. Seul quelqu'un qui avait eu honte, qui s'était courbé et caché pendant toute une vie pouvait avec une ivresse aussi débordante descendre jusqu'à la cruauté d'un tel aveu. Morceau par morceau, un homme arrachait sa vie de sa poitrine, et en cette heure-là, moi qui étais encore si jeune, j'aperçus pour la première fois d'un œil hagard, les profondeurs inconcevables du sentiment humain.

D'abord sa voix plana, immatérielle, dans la pièce, comme une trouble fumée issue de l'émotion, comme une allusion incertaine à des événements secrets; et pourtant, l'on sentait, à la façon même dont la passion était péniblement maîtrisée, qu'elle allait se déchaîner avec furie, tout comme dans certaines mesures ralenties avec violence et qui précèdent un rythme véhément, on pressent déjà dans ses nerfs le *furioso*. Mais ensuite des images commencèrent à flamboyer, s'élevant en frémissant au-dessus de la tempête intérieure de la passion et peu à peu devenant plus claires. Je vis d'abord un jeune garçon, timide et replié sur lui-même, un jeune garçon qui n'ose dire un mot à ses camarades, mais qu'un désir physique, confus et impérieux attire précisément vers les plus jolis de l'école. Cependant, lors d'un rapprochement trop tendre, l'un d'eux l'a repoussé avec irritation; un second s'est moqué en lui décochant un mot d'une odieuse netteté et, pire encore, tous deux ont cloué au pilori devant les autres ce désir aberrant. Et aussitôt une unanimité de raillerie et d'humiliation l'exclut, plein de confusion, de leur joyeuse camaraderie, comme un pestiféré; aller à l'école devient un calvaire quotidien et lui, si tôt stigmatisé, voit ses nuits rongées par le dégoût de soi-même: l'exclu éprouve comme une folie et un vice déshonorant sa passion contre nature, qui pourtant ne s'est précisée que dans des rêves.

La voix qui raconte vacille, incertaine. Un instant il semble qu'elle menace de s'éteindre dans l'obscurité. Mais un soupir lui redonne de la force, et de la trouble fumée sortent maintenant en flamboyant de nouvelles images qui s'alignent comme des ombres et des fantômes. Le jeune garçon est devenu étudiant à Berlin; pour la première fois les bas-fonds de la ville permettent à son penchant longtemps maîtrisé de se satisfaire. Mais comme elles sont souillées par le dégoût et empoisonnées par l'angoisse, ces rencontres où l'on cligne de l'œil, aux coins sombres des rues, dans l'obscurité des gares et des ponts! Qu'elles sont pauvres de plaisir, toujours frissonnant, et remplies d'atroces périls, se terminant le plus souvent par de misérables chantages, et chacune d'elles traînant encore pendant des semaines, comme une limace, une trace visqueuse de glaciale épouvante! Voies infernales entre l'ombre et la lumière: tandis que, pendant le jour clair et laborieux, le cristal de l'esprit purifie le savant, le soir replonge toujours cet être de passion dans la lie des faubourgs, dans la fréquentation d'individus équivoques, que la simple vue du casque à pointe du moindre policier suffit à mettre en fuite, dans les tavernes aux lourdes exhalaisons dont la porte méfiante ne s'ouvre que devant un sourire convenu. Et la volonté doit se tendre comme l'acier pour cacher cette duplicité de la vie quotidienne, pour dérober prudemment aux regards étrangers ce secret, vraie tête de Méduse, et conserver pendant le jour irréprochablement l'attitude grave et digne d'un professeur, pour parcourir ensuite, la nuit, incognito, le monde souterrain de ces aventures honteuses dans l'ombre des lanternes vacillantes. Soumis à une torture incessante, il s'efforce de faire rentrer dans l'ordre, avec le fouet du contrôle de soi, cette passion sortie du chemin habituel; toujours de nouveau l'instinct l'entraîne vers le ténébreux péril. Dix, douze, quinze années de luttes épuisantes pour les nerfs, contre la force magnétique et invisible d'une inclination incurable s'étirent en une seule convulsion, jouissance sans plaisir, honte qui étouffe; et petit à petit apparaît ce regard, obscurci et timidement caché en soi-même, inspiré par la peur de sa propre passion.

Enfin tard déjà, passé la trentième année de sa vie, une tentative énergique pour remettre l'attelage sur le droit chemin. Chez une parente, il fait la connaissance de sa future femme, une jeune fille qui, attirée obscurément vers lui par ce que son être a de mystérieux, éprouve à son égard un amour sincère; pour la première fois le corps androgyne et l'allure juvénile et pétulante de cette femme peuvent donner pendant quelque temps le change à sa passion. Une liaison bientôt triomphe de son aversion pour l'être féminin ; pour la première fois il est vaincu, et dans l'espoir, grâce à cette relation « orthodoxe », de maîtriser son inclination fautive, impatient de s'enchaîner à ce qui, pour la première fois, lui a fourni un soutien contre cette attirance intérieure pour le danger, vite, il épouse la jeune fille — après lui avoir tout avoué. Maintenant il pense que le retour dans les zones d'épouvante est impossible. Pendant quelques brèves semaines, il jouit de la sérénité ; mais bientôt le nouvel excitant se montre inefficace, le désir premier, tenace, reprend sa suprématie. Et désormais la femme déçue, et décevante aussi, ne sert plus que de paravent pour masquer aux yeux de la société la récidive de son penchant. De nouveau la route périlleuse frôle les frontières de la loi et de la société pour descendre dans les ténèbres du danger.

Et, tourment particulier qui s'ajoute à la confusion intérieure, une fonction lui est assignée où ce penchant devient malédiction. La fréquentation permanente des jeunes gens est un devoir officiel pour le chargé de cours, et bientôt pour le professeur titulaire ; la tentation pousse toujours vers lui, à portée de voix, une nouvelle floraison de jeunesse, éphèbes d'une palestre invisible au milieu d'un monde régi par la loi prussienne. Et tous (nouvelle malédiction ! nouveaux dangers !) l'aiment passionnément, sans reconnaître le visage d'Éros derrière le masque du professeur ; ils sont heureux lorsque d'un geste de bonhomie sa main, qui tremble secrètement, se pose sur eux ; ils prodiguent leur enthousiasme à quelqu'un qui, lui, doit constamment se retenir devant eux. Supplice de Tantale : se montrer dur face aux élans de sympathie, sans relâche, dans un incessant combat contre sa propre faiblesse! Et toujours, quand il se sentait près de succomber à une tentation, il prenait soudain la fuite! C'étaient là ces escapades, dont le départ et le retour subits m'avaient tellement troublé: maintenant je comprenais ce qu'était cette terrible fuite devant soi-même, cette fuite dans l'horreur des chemins obliques et des bas-fonds. Alors il partait toujours pour une grande ville où il trouvait, en quelque endroit écarté, des complices, des individus de basse condition, dont le contact était une souillure, une jeunesse tombée dans la prostitution, au lieu de celle qui s'en remettait respectueusement à lui; mais ce dégoût, cette bourbe, cette horreur, ce mordant venimeux de la désillusion lui étaient nécessaires pour qu'ensuite, rentré chez lui dans le cercle confiant des étudiants, il pût de nouveau être sûr de ses sens. Oh! quelles rencontres, quelles figures de fantômes, et pourtant bien terrestres et puantes, sa confession évoqua devant moi! Car cet homme à la haute intellectualité, pour qui la beauté des formes était un besoin inné, vital, ce connaisseur raffiné de tous les sentiments, se voyait infliger les derniers outrages de cette terre dans ces bouges enfumés, aux lumières troubles, ouverts seulement aux initiés: il connaissait les insolentes exigences des jeunes gandins fardés qui arpentent les promenades, la familiarité douceâtre des garçons coiffeurs trop parfumés, le rire excité et comme forcé des travestis, dans leurs vêtements de femme, la soif enragée d'argent des comédiens sans engagement, la tendresse grossière des matelots chiqueurs, toutes ces formes perverses, inquiètes, inverties et fantastiques dans lesquelles le sexe égaré se cherche et se reconnaît, dans la marge la plus louche des cités. Il avait éprouvé, sur ces chemins glissants, toutes les humiliations, toutes les hontes et toutes les violences : plusieurs fois il avait été complètement détroussé (trop faible, trop noble pour se colleter avec un palefrenier), il était rentré chez lui sans montre, sans pardessus et qui plus est, raillé par le «camarade» aviné de l'hôtel borgne du faubourg. Des maîtres chanteurs s'étaient attachés à ses talons ; l'un d'eux pendant des mois l'avait suivi pas à pas, jusqu'à la Faculté ; il s'était assis insolemment au premier rang de ses auditeurs et avec un sourire de gredin il regardait le professeur connu de toute la ville, qui, tremblant sous ces clins d'œil, avait une peine extrême à arriver au bout de son cours. Une fois (mon cœur s'arrêta lorsqu'il me confessa ce fait) il avait été arrêté à minuit par la police à Berlin, avec toute une clique, dans un bar mal famé ; arborant ce sourire avantageux et ironique du subalterne qui, pour une fois, peut faire l'important aux dépens d'un intellectuel, un agent de police, gras et rubicond, nota sur son carnet le nom et la profession du pauvre professeur là devant lui, tout tremblant, en lui signifiant finalement, à titre de grâce, que pour cette fois-ci il était relâché sans amende, mais que désormais son nom resterait inscrit sur la liste spéciale. Et de même que le vêtement d'un homme qui s'est assis longtemps dans un endroit puant le mauvais alcool finit par en conserver l'odeur, de même il était forcé qu'ici, dans sa propre ville, on se mît peu à peu, sans savoir d'où cela venait, à chuchoter sur son compte ; car tout comme autrefois parmi ses camarades de classe, c'était maintenant parmi ses collègues que les conversations et les saluts devenaient ostensiblement de plus en plus froids, jusqu'à ce qu'ici aussi une cage de verre transparent finît par séparer de tout le monde cet homme étrange et toujours solitaire. Et jusque dans la retraite de sa maison farouchement fermée, il se sentait encore épié et démasqué.

Mais jamais ce cœur torturé et angoissé n'avait connu la faveur d'une amitié pure et noble, la tendresse d'une amitié virile située au-delà des sens : toujours il lui fallait distinguer dans ses sentiments entre une partie réservée aux relations élevées, aux douces aspirations et au commerce avec les jeunes compagnons intellectuels de la Faculté et l'autre plongeant dans les ténèbres de ces «conquêtes» dont le lendemain matin, il ne se souvenait plus qu'en frissonnant. Jamais cet homme déjà vieillissant n'avait vu un attachement pur, un adolescent à l'âme généreuse se donner à lui et, épuisé par les désillusions, les nerfs déchirés par cette chasse à travers les fourrés épineux, il pensait déjà avec résignation que son existence n'était plus qu'une ruine. Voici qu'alors, *in extremis,* un jeune homme entra passionnément dans sa vie, s'offrant avec joie lui-même, dans ses paroles et dans son être, au professeur vieilli, dirigeant toute son ardeur vers lui qui, vaincu et sans comprendre, était effrayé de ce miracle qu'il n'espérait plus — ne se sentait plus digne d'un don si pur et offert d'une manière si ingénue. Encore une fois était venu vers lui un messager de jeunesse, une figure de beauté au tempérament passionné, brûlant pour lui d'un feu spirituel, tendrement attaché à lui par les liens de la sympathie, désireux de son amitié et inconscient du danger qu'il courait. Portant dans son âme candide le flambeau d'Éros, hardi et ne se doutant de rien, comme Parsifal, le Fol[1], il se penchait sur la blessure empoisonnée, ignorant de l'enchantement et ne sachant pas que déjà sa venue apportait la guérison : lui, si longtemps attendu, toute une vie, trop tard, à la dernière heure du soir tombant il entra dans la maison.

Et pendant la description de cette figure, la voix elle aussi sortait de l'obscurité. Une lumière semblait la purifier ; une tendresse profonde mettait en elle les ailes de la musique, tandis que cette bouche éloquente parlait de ce jeune homme, le tardif bien-aimé. Je tremblais d'émotion, de sympathie et de bonheur, mais soudain mon cœur ressentit comme un coup de marteau. Car ce jeune homme ardent dont parlait mon maître, c'était... (la pudeur empourprait mes joues)... c'était moi-même : je voyais mon image se détacher sur le fond d'un miroir brûlant, enveloppée d'un éclat d'amour tellement inouï que son reflet suffisait à m'embraser. Oui, c'était moi — je me reconnaissais toujours mieux, ma manière d'être, pressante et enthousiaste, ce désir fanatique de m'approcher de lui, cette extase passionnée à qui l'intellect ne suffisait pas ; moi, le jeune homme sauvage et fou, ignorant de sa puissance, qui avait encore une fois rouvert dans cet être tari la source féconde de la création et qui encore une fois avait allumé dans son âme le flambeau d'Éros que sa lassitude avait déjà

1. *Parsifal, le Fol* : c'est-à-dire l'Innocent, le Pur — héros de la légende médiévale, qui inspira son dernier opéra à Richard Wagner.

laissé tomber. Avec étonnement je voyais maintenant ce que j'avais été pour lui, moi le garçon timide dont il aimait l'enthousiasme pressant, comme la plus divine surprise de son âge mûr. Et en frissonnant, je me rendais compte aussi des luttes surhumaines que sa volonté avait dû soutenir à cause de moi, car de moi précisément, qu'il aimait d'un amour pur, il ne voulait recevoir ni raillerie ni brutale rebuffade, ni sentir en moi le frisson de la chair offensée ; il ne voulait pas livrer à ses sens, pour un jeu lascif, cette dernière faveur d'un destin ennemi. C'est pourquoi il opposait à mes efforts une résistance si acharnée, en même temps qu'il versait sur mon sentiment débordant le jet brusque d'une glaciale ironie ; c'est pourquoi les épanchements de son amitié se muaient soudain en une dureté factice et qu'il refrénait la tendresse enveloppante de sa main. C'est seulement à cause de moi qu'il se contraignait à tous ces mouvements inamicaux destinés à refroidir mon enthousiasme et à le protéger lui-même, et qui pendant des semaines troublaient mon âme. Maintenant je comprenais avec une atroce clarté ce qu'avait été le sauvage chaos de cette nuit où, somnambule de ses sens tout-puissants, il avait monté l'escalier grinçant, pour ensuite se sauver lui-même et sauver notre amitié, par un mot d'offense. Et à la fois frémissant, ému, agité comme dans la fièvre et fondant de compassion, je compris combien il avait souffert à cause de moi et quel héroïsme il avait déployé pour se dompter.

Cette voix dans l'obscurité, cette voix dans les ténèbres, ah ! comme je la sentais pénétrer très loin, tout au fond de ma poitrine ! Un accent résonnait en elle comme je n'en avais jamais entendu auparavant, et jamais depuis — un accent venu de profondeurs que n'atteint point le destin moyen. Un être humain ne pouvait parler de la sorte qu'une seule fois dans sa vie à un être humain, pour se taire ensuite à jamais comme il est dit dans la légende du cygne qui seulement en mourant peut, une unique fois, hausser jusqu'au chant son cri rauque. Et j'accueillais en moi cette voix qui montait, chaude, enflammée et pénétrante, je frémissais douloureusement, comme une femme reçoit un homme dans son être...

Brusquement, cette voix se tut et il n'y eut plus entre nous que l'obscurité. Je savais qu'il était près de moi. Je n'avais qu'à remuer ma main et en la tendant, je l'aurais touché. Et j'éprouvais un puissant désir de le consoler dans sa souffrance.

Mais il fit un mouvement. D'un seul coup, la lumière jaillit. Une figure lasse, vieillie, tourmentée se leva du siège; un vieil homme épuisé vint lentement à moi. «Adieu, Roland... maintenant, plus un seul mot entre nous. Tu as bien fait de venir... et il est bon pour nous deux que tu t'en ailles... Adieu... et laisse-moi... te donner un baiser en cet instant d'adieu.»

Comme soulevé par une puissance magique, je chancelai vers lui. Cette clarté confuse qui d'habitude était comme arrêtée par une trouble fumée, brilla maintenant dans ses yeux: une flamme brûlante monta brusquement en eux. Il m'attira à lui, ses lèvres pressèrent avidement les miennes, en un geste nerveux, et dans une sorte de convulsion frémissante il serra mon corps contre lui.

Ce fut un baiser comme je n'en ai jamais reçu d'une femme, un baiser sauvage et désespéré comme un cri de mort. Son tremblement convulsif passa en moi. Je frémis, en proie à une double sensation, à la fois étrange et terrible : mon âme s'abandonnait à lui, et pourtant j'étais épouvanté jusqu'au tréfonds de moi-même par la répulsion qu'avait mon corps à se trouver ainsi au contact d'un homme — dans une inquiétante confusion de sentiments qui donnait à cette seconde, que je vivais sans l'avoir voulue, une étourdissante durée.

Alors il me lâcha ; ce fut une secousse comme quand un corps se désarticule violemment ; avec peine, il se tourna et se jeta sur son siège, en me tournant le dos : durant quelques minutes son corps immobile resta bien droit, n'ayant devant lui que le vide. Mais peu à peu sa tête devint trop lourde ; elle se pencha légèrement, cédant à la fatigue et à l'épuisement, puis semblable à un poids trop grand qui pendant longtemps a oscillé dans une position instable et qui tout à coup s'abat dans la profondeur, son front incliné tomba pesamment sur la table, en rendant un son mat et sec.

Une compassion infinie s'empara de moi. Sans le vouloir je m'approchai, mais son dos affaissé se redressa soudain encore une fois, avec une convulsion, et se retournant vers moi, d'une voix rauque et sourde, il poussa comme une sorte de gémissement menaçant, à travers ses mains crispées, posées comme un masque devant sa figure : « Va-t'en... va-t'en... non... ne t'approche pas... pour l'amour de Dieu... pour l'amour de nous deux... va-t'en, maintenant... va-t'en!»

Je compris, et en frissonnant je reculai : comme un fugitif je quittai ce lieu bien-aimé.

Jamais plus je ne l'ai revu. Jamais je n'ai reçu de lui ni lettre ni nouvelle. Son livre n'a jamais paru, son nom est oublié; nul ne se souvient de lui, en dehors de moi. Mais aujourd'hui encore, comme le garçon incertain d'alors, je sens que je ne dois davantage à personne: ni à père et mère avant lui, ni à femme et enfants après lui — et je n'ai aimé personne plus que lui.

La Pochothèque

Une série du Livre de Poche
au format 12,5 × 19

« Les Classiques modernes »

Boris Vian : *Romans, nouvelles, œuvres diverses*
Édition établie, annotée et préfacée par Gilbert Pestureau   1340 pages - 140 F

Les quatre romans essentiels signés Vian, *L'Écume des jours*, *L'Automne à Pékin*, *L'Herbe rouge*, *L'Arrache-cœur*, deux « Vernon Sullivan » : *J'irai cracher sur vos tombes*, *Et on 'tuera tous les affreux*, un ensemble de nouvelles, un choix de poèmes et de chansons, des écrits sur le jazz.

Stefan Zweig : *Romans et nouvelles*
Édition établie par Brigitte Vergne-Cain et Gérard Rudent   1220 pages - 140 F

La Peur, Amok, Vingt-Quatre Heures de la vie d'une femme, La Pitié dangereuse, La Confusion des sentiments, etc. Au total, une vingtaine de romans et de nouvelles.

Jean Giono : *Romans et essais* (1928-1941)
Édition établie par Henri Godard   1312 pages - 140 F

Colline, Un de Baumugnes, Regain, Présentation de Pan, Le Serpent d'étoiles, Jean le Bleu, Que ma joie demeure, Les Vraies Richesses, Triomphe de la vie.

François Mauriac : *Œuvres romanesques*
Édition établie par Jean Touzot   1216 pages - 140 F

Tante Zulnie, Le Baiser au lépreux, Genitrix, Le Désert de l'amour, Thérèse Desqueyroux, Thérèse à l'hôtel, Destins, Le Nœud de vipères, Le Mystère Frontenac, Les Anges noirs, Le Rang, Conte de Noël, La Pharisienne, Le Sagouin.

P.D. James : *Les Enquêtes d'Adam Dalgliesh*
(tome 1)   1152 pages - 140 F

A visage couvert, Une folie meurtrière, Sans les mains, Meurtres en blouse blanche, Meurtre dans un fauteuil.

Lawrence Durrell : *Le Quatuor d'Alexandrie*

Justine, Balthazar, Mountolive, Clea.

IMPRIMÉ EN FRANCE PAR BRODARD ET TAUPIN
Usine de La Flèche (Sarthe).
LIBRAIRIE GÉNÉRALE FRANÇAISE - 6, rue Pierre-Sarrazin - 75006 Paris.

ISBN : 2 - 253 - 06143 - 3   30/9521/3